我在離離離島的日子

·新修版·

苦苓 著

馬祖・東莒位置圖

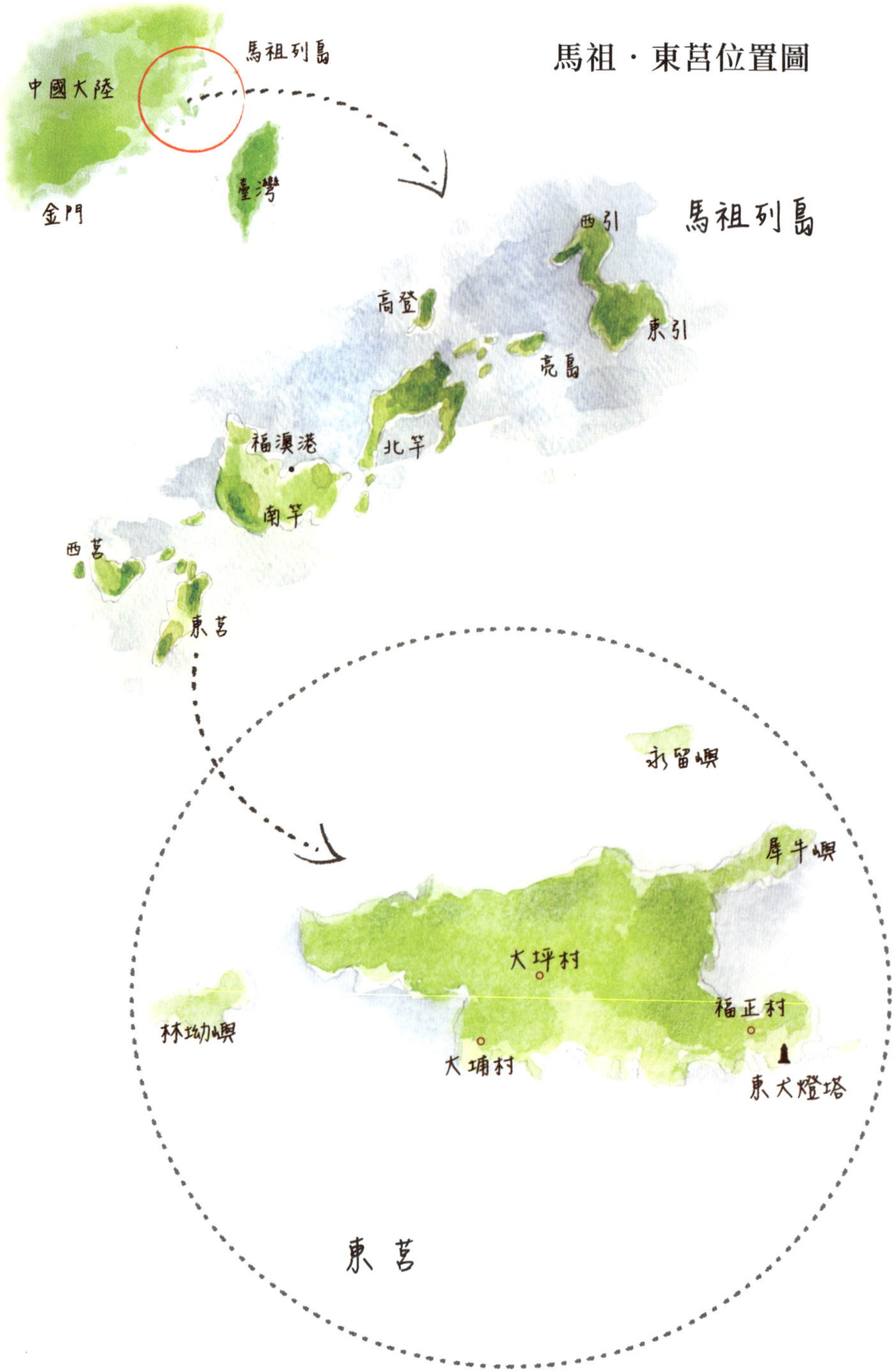
馬祖列島
中國大陸
臺灣
金門
馬祖列島
西引
高登
東引
亮島
福澳港
北竿
南竿
西莒
東莒
永留嶼
犀牛嶼
大坪村
福正村
林坳嶼
大埔村
東犬燈塔
東莒

推薦序

東莒的老天使——苦苓

馬祖文化局　吳曉雲

若說「東莒」是苦苓的島嶼情人，我就是那個多事的媒人……

認識苦苓，緣於二〇一〇年主辦的一場名人講座，我們邀請苦苓大哥到離島馬祖進行一場「在人生的轉彎處」的演說。邀約時，想為馬祖聽眾謀福利，開口向他要幾本著作，沒想到，要五毛給一百，他慨然將演講費全數購書一百本贈送聽眾，他說，來馬祖已太幸福，再拿演講費就不好意思了……

初見苦苓，在馬祖南竿機場，這個先前逃離社會又從自然中回來的男人，個子比想像中來得小，也不若臺面上的妙語如珠，初見時竟有些靦覥與不善交際。對我來說，這個從電視裡出來的人，和預期小有落差。

上了講臺，才知名嘴果然不同凡響。他先毫不諱言昔日那段錯誤，立刻和聽眾拉近了距離，接下來以人生另一個起點來和大家分享他的山中情緣，深入淺出的介紹大自然中的一草一木，妙語如珠，趣味橫生；在講臺上，我看到一個「放下」的男人，是多麼的有魅力。

下了舞臺，苦苓大哥說起他目前極簡的「減法生活」方式——沒有房子，沒有車子；一天吃兩餐，因為多吃無益；減去物欲，因為保險費即夠生活；有多餘的錢，就用來幫人實現夢想。苦苓發願，這一生希望能做十二個人的天使，彌補過去對社會的傷害；這一刻，是我真正認識他的開始，一個溫暖而柔軟的人。

苦苓大哥說他想去一個離島，寫一本書，書名為《我在離離離島的日子》。彷彿前生注定似的，馬祖正有一個離離離島，一個不到三平方公里，卻擁有六千年歷史底蘊的療癒之島——東莒。這裡有許多古樸的石頭房子、豐富的自然生態、在冷戰時期建構的軍事碉堡，以及一群可愛又善良的人們，一直等待著「對的人」到來。我們約定來年春暖花開，就等苦苓大哥來。事實上這一約定，我並沒有太放在心上，沒想到，隔年三月，我真的接到他的來訊，他要來了……

我們一見如故，「非常懶惰與隨性」是我們共同的特質。苦苓大哥說，他是「思考的巨人、行動的侏儒」，只要有家 7-11 就能生存，這可難倒我這個媒人婆了！東莒不僅沒有 7-11[1*]，連唯一小鋪也都是以販賣阿兵哥的零食為主。我苦思島上可能的供餐模式，並到處詢問是否有人願意提供協助，想當然耳，這裡每一個像這座島嶼一樣可愛的人，都用最大的熱情等待這一位「不速之客」的來訪。

再見苦苓，仍在機場，這位即將要去離離離島 long stay 的人，一貫的簡單裝備令人吃驚。除了換洗衣物，背包裡裝滿了書和稿紙，還有一個折疊式檯燈——這是他自備的精神糧食，另外就是十幾包的濾掛式咖啡（每天一杯），其他就沒了，完全落實他的極簡理念，打算用最簡單的方式過最豐富的生活。

此後半年之內，苦苓大哥出乎我意料之外的，來了東莒五趟，每次半個月，他真的愛上了這個島嶼情人。他熟悉了島上每一個角落，甚至為島上的每一座涼亭取了名字，也和許多島民成了好友。為了回饋這個島的熱情，還曾徒步全島撿拾垃圾，希望他的情人更美麗清爽，吸引更多人來一探它的魅力；每回島上一趟，就生出許多發想，希望為東莒的永續發展盡更多心力。苦苓說，島嶼情人讓他的愛有所寄託，讓日子充滿夢與期待，讓生命發熱發光，而且是可以分享的，再多人也行。

若說東莒是苦苓的島嶼情人，那麼苦苓會不會就是東莒的天使呢？

*1. 東莒第一家 7-11，已於二〇二〇年開幕。

新修版序

請你不要來東莒，如果……

請你不要來東莒，如果你沒有出國旅行的心情。

也許你會問：「不就是馬祖的一個小島嗎？」不錯，一個這一頭走到那一頭也不到一個鐘頭的小島。但問問身邊的人，去過的還真不多，沖繩島濟州島普吉島長灘島都去過了，卻不知道「我們的」東莒島在哪裡。

就算「僥倖」去過的人，也不太會有好評：「沒什麼啊。」、「一個燈塔，一堆老房子。」、「海還可以啦！啊海不都是這樣？」

因為去過的人，多半行色匆匆，晚晚到、睡一覺、早早走，或是早上到、吃一餐、下午走，請問這樣的時間、這樣的心情，要如何發現人家的美？要怎樣愛上人家？

所以希望你，至少有三天以上的時間，四天更好，一週尤佳，時間再長的話，你就會像我一樣，對東莒這迷人的小島完全無法自拔。

唯一不需要出國、卻很像出國的感覺，只有這裡有。

走吧！就這樣來一次生活中的小小出走，不必計畫，毋須擔憂，而且並不真的遙遠，快的話兩小時就能回到臺灣，繼續擁擠嘈雜平凡庸碌的生活。

那時候如果在碼頭聽說浪大船不開，或機場廣播霧大沒飛機，你反而會有一絲絲的慶幸、一點點的竊喜……因為，你已「不慎」愛上東莒。

請你不要來東莒，如果你真的很喜歡「熱鬧」。

東莒絕對不熱鬧，在最「繁華」、人最多的大坪村，「旅遊一夜團」的歐巴桑，晚飯後站在餐廳門口問：「啊這邊有哪裡比較熱鬧？」七嘴八舌中，我忍不住插嘴：「有啊，有兩條購物街，一條是上街，一條是下街……」她們的眼睛一亮，「各有一家……雜貨店。」一眼神又黯淡了，嘆口氣，各自拖著有點沉重的腳步，回房間，看電視，跟在臺灣的每一個夜晚一樣。

東莒沒有麥當勞，沒有星巴克，也沒有夜市、夜店、夜生活。天色一暗，如果你不會看滿天的星星、看四處的螢火蟲，看全臺灣獨一無二的閃耀星砂，看在全島上空緩緩移動的燈塔光柱，看對面島嶼散發著魅人燈火，看天際雲端偶爾劃過的如龍閃電，看一戶戶古老石屋窗上的溫暖燈光，看一排整齊孤單的路燈襯著荒野的蛙鳴蟲叫……如果這些你都不會，你只能回到屋裡看電視、開電腦，跟在臺灣的每一個晚上一樣，那你真的，真的不適合一點點也不熱鬧的東莒。

請你不要來東莒，如果你是一個很「快」的人。

你不能很快的在東莒行動，很快的租一輛機車，很快的跑完地圖上主要景點，很快的拍了幾張照片，很快的回到碼頭等回程的船……全部可能用不到半天，你以為什麼都看過了，卻什麼也沒看見。

你必須很慢，慢慢的走，慢慢的看，好看的當然要停下來看，表面上沒什麼好看的，更要停下來仔細的看。於是你就會看見美麗的小花，可愛的小蟲，活潑的小鳥，以及那些溫和的羊，敏捷的貓，翩翩飛過的大白鷺。

你還會看見各種奇形怪狀的石頭，任憑你無窮想像；看見許多靈活跳動的浪花，在海上展現各種姿態；看見天邊時時興起的白雲，從不重複的創意構造；而環伺四周，隨著天候時隱時現的一個島、兩個島乃至十幾個島，更像野外怒放的春花，總給你猝不及防的悸動。

如果你夠慢，還可以看見藤蔓在廢墟上攀爬的痕跡，看見芒草在山徑上占領的過程，看見昔日的硝煙，仍盤旋在荒涼僻靜的靶場；久違的喧鬧，隱隱出沒在久無人煙的村莊……你不只看到大部，還看到細節；不只看到現在，還窺見從前。

如果你夠慢，你會看到一串串用繩子串起的小石板，像巨人遺落的項鍊，棄置在荒蕪的屋頂。你會看到一個個砌在牆上的陶甕，每個甕身上都打了小小的圓洞；你會看到一顆顆在丘陵上冒出來，像香菇頭般的奇特建築（其實是地下碉堡的通氣孔）；你會看到沙灘上一顆顆小小貝殼，忽然都快速移動——不是眼花，而是可愛的小小寄居蟹。

當然你最好不但是慢，還常常、常常的停下來，拍照也好，畫畫也好，做記錄也好，或者最高段的，發呆就好。

請你不要來東莒，如果你不喜歡自己一個人。

不喜歡獨處，不喜歡跟自己相處，不喜歡待在四下無人的地方，也不喜歡在夜闌人靜的時分，跟自己的影子對話，問一問自己：「我是一個什麼樣的人呢？」「我將有什麼樣的一生呢？」、「我對自己滿意嗎？我可以變得更好嗎？」或者，「我還有什麼不滿足的？」

東莒當然有人，「號稱」兩百人，實際見到的不多，也不會主動熱情的招呼外人，但只要你願意接觸，一定會得到友善的回應。這裡沒有人為了多賺點錢而大獻殷勤，也不想要委屈自己就為了「發展觀光」，你自玩你的，他們自過他們的，兩不相犯。但你若想與他們結交、真心對待，你可以在最短時間內，交到最多朋友。

很多人問過我，為什麼要跑到東莒這樣一個小島上去？難道真的只為了「找一個無人的所在」？難道多年以前所受的傷害，讓我到現在還是怕人、討厭人、就想躲避人？

剛好相反，我就是喜歡一個人，也喜歡一個人去認識人、交往人，試問，到了我這種年紀，還有多少機會，能在短短幾月內，交到這麼多新朋友？

真的朋友啊，一點利害關係也沒有的，毫不勉強、完全隨興的朋友，毫無保留、傾心以待的朋友，時時關心、處處照顧的朋友……在東莒，除了偶爾接待臺灣來客，我都是一個人的。

但我也都不是一個人。即使孤身走在路上，單獨坐在海邊，夜裡自處屋中，白天閒晃老村，我的身影或許是孤單的，我的心裡卻有這麼多接納我、照拂我的新朋友，「樂莫樂兮新相知」，他們溫暖的友誼，像經常包覆島上的霧一樣濃，就這樣看顧著我，守護著我。

「回來了？」而且他們毫無例外的，每一個都是這樣問我，好像我從來就是東莒的一分子，好像我只是久別重逢的故鄉遊子，好像我每一次的離開，都不是真正的離開。

因為我在這本書初版時這麼說，於是許多人帶著這本書到東莒來了，追循我的腳步、驗證我的「吹噓」、體會我的心情……時隔十二年，想來的應該都來了，但還有人不知道這個好地方豈不可惜？所以我整理原稿，在原先每篇後面都加了附文，圖片也重新編排，更重要的是：多加了一篇小說，寫我和島上兩個女生若有似無的愛情故事。人物和情節雖然是虛構的，卻完全符合島上渲染情感的氛圍……這麼一來，對東莒的一切我真的都說完了，沒有遺憾。

唯一的遺憾是你竟然還沒有來過，快動身吧！

目錄

一個人，住一間房子

我與世隔絕，
不知道這世界發生了什麼事，
也不想知道。

我在東莒島住的房子是福正村四十三號。

島上一共有三個村子，主要的聚落是大坪村：民宿、餐廳和商店都在這邊，但人也不多。整個島的居民不到兩百人，可以想像這裡的安靜與寂寥。

另一個大埔村則完全沒有人住了，有些房子用來養雞養鴨，也有幾隻浪貓。

我在這裡的其中一項「工作」就是幫所有的貓拍照，但牠們的花色都近似，很難分辨，或許都來自同一個祖先。

人就好認多了，誰都是誰的親戚，應該不難畫出全島的人物關係圖。一島人都是一家人，多好。

還有一個福正村就是我住的地方，雖然看起來有二、三十家民房，但一半是空屋、一半在整建，從晚上窗口的燈光來看，居民不到三、五家。

我只知道嘉誼（東莒國小六年級生）和媽媽住這裡，前幾天終於碰到她們母女了。

她已經和媽媽說了好幾天：島上出現一個和王校長（他們的前校長）長得很像的人，每天在那裡走來走去。

她媽媽說「果然很像」，她穿著一身營建工人服裝，正在幫忙蓋新屋：政府有補助，讓居民整建老房子，但一定要石牆、瓦頂、木頭門窗。島民各顯神通，總比看著自己的祖厝變成廢墟好，也比改成可怕的磁磚透天厝好。

我住的是五三阿婆的店，五三是以前這裡阿兵哥基地的編號，那時兵多，阿婆開了店供他們吃，只有三樣菜：水餃、章魚、炒花蛤，聽說口味都很好。

我是沒機會嘗到了。本來前面一間五三阿婆的家也可以借我住，離海更近。但我現住這間從陽臺看出去，先是一個老房子的二合院，後面才是海，再之後是一個長得像犀牛的島……層次很豐富，我就選了這一家。

每天早上起來對著無敵海景喝咖啡吃早餐，不管來了第幾天，我都覺得像是做夢。

我是沒有左鄰右舍的，放眼望去不見人煙，當然

瓦頂整建

更不聞人聲，唯一的例外，是有天一早起來，看見一個正妹在對著「我的」房子拍照。

那當然是遊客，而且看起來是日本人，她會羨慕我是唯一住在這裡的「外人」、或者以為我根本就是本地人呢？

反正我一直沒有鄰居，也就是我每天早上九、十或十一點（視我睡到何時自然醒而定）出門以及每天晚上七、八或九點回到這裡（視當晚有無觀星、賞螢、夜話等活動而定），我是沒有任何人可以講話的。真好。

我住的地方沒有報紙沒有電視，沒有電腦，也沒有智慧手機……基本上與世隔絕，我根本不知道臺灣、中國或這個世界發生了什麼事，我也不想知道。

你知道什麼都不知道有多開心嗎？

我只知道自己在一個叫東莒的小島上，其實也不是很清楚它在世界的什麼角落。失去了空間感，也失去了時間感，我不知道每一天是幾月幾日星期幾，只能從我

陽臺看出去是無敵海景

53號阿婆的家

每天要吃一顆的藥，算出我這一次在島上還有幾天可住。

我住的房子是兩層樓，因為很久沒人住了，所以一樓客廳的木桌板凳是疊起來的，有一個架子放了一大堆工具雜物，還有一個滿新的冰箱，可能怕關了門會壞掉或怎樣，所以沒插電，開著上下門，英雄無用武之地的站在客廳裡。

「你到底裝過東西沒有呢？」我很想問它。

裡面就是廚房，傳統砌磁磚的流理檯，地面也是磁磚，牆也是，吹南風的時候會反潮，全部都溼溼的，比剛洗過澡的浴室還溼。

好在對我而言，有一個瓦斯爐可以煮開水就夠了，有熱水、有馬桶可用就好了，完全的心滿意足。

二樓有鋪木板，最普通的那種杉木，而且沒有上漆，看起來灰撲撲的，走起來也是，可能是海邊風沙大。勤勞時，我會擦擦地板，不過我當然很少勤勞。

外屋有一張大床，蓋著布，沒有在用。

裡屋有一張小床，說是床，其實就是角鋼釘的架子鋪上木板，各隻腳還不一樣長，還得在底下墊東西。好在我不重，擺上床墊，放上枕頭棉被，很好睡。

還有一個角鋼做的雙層小架子（島上人超厲害，什麼都會自己做），擺一些我的用品，牆上一根大鐵桿，吊一排掛勾，可以掛我的「全部」內、外衣褲共六件……好像什麼也不缺了。

屋裡原來是有一排櫥櫃的，但放著主人的物品，鎖著。上面一臺古老的小電視機，小心的用紙箱罩住三面，螢幕的一面用有蕾絲的布蓋著。既然蓋著就不要掀開吧，反正不看電視又不會死。

對有些人或許會，我卻寧願用來發呆，在一波又一波的海潮聲中，聽音樂、看書、寫字，或不寫字，閉上眼睛複習今天看到的每一個美景，回想相遇的每一張臉孔……我並沒有和世界隔絕，我只是到了一個美麗小世界。

這房子的窗不多，都很小，因為島上風大，自古以來窗子就小，據說還有防盜功能。我住的這間可能因為太久沒人住，木窗全都封死了，我既懶得也無力打開。但只要打開樓上下前後門，通風就很好，有時還太涼。

木門是那種傳統門閂，但沒有臺灣老房子左右對稱那麼講究，就一小塊撥下來，可以卡住門就行。我在時從不關門，只關紗門，用鐵絲勾住免得被風吹開。出去時把木門關上，掛上鎖頭，當然不鎖，掛鎖頭只為了扣住門。然後關上紗門，再用兩個磚頭擋住紗門，也是為了怕被風吹開。

完全不設防的房子，完全不設防的心，來到這彷彿世界邊緣的地方，還有什麼好防？open your mind, open your heart，而且就因此，open your world。

偶爾夜裡走出陽臺，看整個島嶼暈黃的路燈連成一線，看燈塔的光柱在上空緩緩移動，看海面上忽明忽滅的點點漁火，看滿天隱約的星辰由起而落……不知道自己為什麼會在這裡、而且如此安適自在，就此締造了一段不可思議的海島奇緣。

我家在福正村四十三號，歡迎有空來坐。

我在福正村43號的窩

PS.

這本書初版後，據說很多人循線來找福正村四十三號，但其實沒有這個門牌（書本上的門牌是美工合成的），他們只好到處問人，偏偏人又很少。後來鄉公所特地補做了福正村四十三號的門牌，才滿足了讀者兼遊客在門前合影的願望。有人還建議乾脆放我的人型立牌，我說那太超過了。

遊玩上福正

感覺一個古老幾近沒落的村子，
似乎又有活力在一點點的
萌芽……

島上的每一條漫遊路線，都由大約位在島中心的莒光遊客中心出發，剛好成為輻射狀的N條環型路線。

強烈建議徒步，否則以區區二．六平方公里的小島，騎機車匆匆行過、短暫停留，只能看到點而不是線，更遑論結合成「面」了，那是入寶山空「眼」而回。

遊客中心出來往左走，會看見猛澳安檢所，由此右轉往燈塔方向（有路標），上坡有點累，可駐足欣賞旁邊的菜園，看居民自己搭建的圍牆，牆上有門、有窗框、有木片、有椅子……充分利用廢物，也說明孤島資源缺乏，一丁點物資都不能浪費。

各種廢棄物堆砌出來的菜園

很少人注意到：島上有資源回收車，每天巡迴全島廣播，只是時間不長（地方太小了！）；路邊也都有資源回收桶，請遊客不要亂丟垃圾。

喘一口氣，左邊的路通向福正村（也有路標），看見右邊第一間建築時，今天第一個目標福正村（嚴格說是「上福正」）就到了。

但第一棟建築就是荒煙蔓草中的廢墟，爬滿了藤蔓。其實剛才菜園邊也有一棟，只是那一棟被枝蔓完全覆蓋、看不出屋型；這一棟則是藤蔓很講究的修飾著石牆，客觀的說，還滿好看。

若是主人聽了不免傷心，還是期盼它早日重建。希望將來的新屋也能留一點空間給蔓藤攀爬，為灰撲撲的石牆加點綠意……感覺春天並沒有遺棄這個，被人們遺忘的角落。

右邊下一間完整、有人居住的房子，則在木門窗中漆了藍色，這在全島幾乎都是原木門窗的石屋中，算是獨樹一幟，但也不能說就是流行的希臘風——藍加白並不就等於希臘。

也就是主人想有點不同吧，免得每一戶都是表情統一，免得孩子從海邊戲耍回來，連自己家都找不著（如果還有孩子的話……）。

再下一戶則裝上白色迴紋針狀的鐵窗，島上治安超好，小偷若能勤勞到翻洋過海來此行竊，應該也夠勤勞到去找正當工作。我想它和前一棟相同心思，就是想特別點。

藍色木窗的房子

爬滿藤蔓的廢墟

先別急著往前，廢墟前有一條石板小徑蜿蜒而下，這種很有味道、又不知所終的路，不論在世上何處碰到，我都沒有抵抗力。

小路邊和廢墟強烈對照的，是一棟兩種石材的嶄新房屋，一邊二層一邊單層，還有小小院落，在這小漁村裡儼然大戶人家，也感覺有些欣欣向榮。

一邊往下走，一邊別忘了遠眺風景：月牙般的白色沙灘在眼前展開，潮水正玩弄著柔細的砂子，白馬尊王廟火燒一般的屋頂，在長長的堤防後面最是顯眼，果然是個盡職守護居民的神祇。

石階盡處，右邊是一樣雙併、二樓有木製陽臺的房子，這是鼎鼎大名的五三阿婆家：因為附近有五三基地，阿婆在這裡開店供應他們飲食，遂被暱稱「五三阿婆」。站在門前，可以想見這些異鄉客藉著小小吃喝、一慰鄉愁的情景，而阿婆則親切的呵呵笑著，張著缺了一顆牙的嘴巴……這些都是我文人的想像，還沒見過阿婆本人，雖然我就借住在對面。

這個屋前有小廣場（因山坡地勢，也可說是露臺），放著圓形的石桌石椅，除了沙灘

白馬尊王廟火燒一樣的屋頂

與下福正聚落，還可以遠眺犀牛嶼、永留嶼[1]和後面的西莒島，甚至天青時可見再後面的福建長樂，這就是大家說的「無敵海景」，我偶爾來吃早餐的地方。

由此再往下，就到了田將軍廟，這是座不知名的小廟，它的封火山牆不像白馬尊王廟那麼火紅，而是偏橘色，低調些，畢竟供奉的只是由人轉化的神，而且是當地人。「祭如在，祭神如神在」，沒有特別信仰的我，在島上卻逢廟必拜，求我在此一切平安，祈我還能再來。

在廟前就可清楚看見福正港的堤防，裡面淺海處停著幾艘小漁船，晃呀晃的，像一群因為下雨不能出去玩的孩子，似乎總是躍躍欲試，再重的錨也繫不住。

再走回五三阿婆的家，旁邊有一小小空地，應是迴車之用，也成了小型停車場，偶有一兩輛施工建屋的車停在這裡，再往前去，就

田將軍廟

沒有民家了。

唯一有「亭仔腳」（騎樓）的五三阿婆的店（即我住的福正四十三號），則自然形成了附近工人、漁民的機車停放處，使得我每次回家，都要穿梭在機車之間，好在大門從來沒被堵住過。

我的（我借的）房子很特別，除了有簷廊，更有超大露臺，之前所說的美景，在這一覽無遺。我把這裡叫做「哇陽臺」——每個人一打開二樓房門，反應都只有一種，就是張口結舌的「哇！」

我的房子隔著馬路過去，是順著山坡下凹的，一個很特別的二合院，右側的一條龍共有五個木門，正前方一進，兩者中夾了一間用途不明的小屋。最特別的是一面外牆，用大小不一、色彩各異的石頭砌成，本身就是一優美的藝術品，像一幅名家畫作，百看不厭。

雖然就在我家對面，但我每次看見都忍不住又拿起相機，總也抓不住那無言的美。

也不能流連太久，還有許多地方未去呢，雖說是漫遊，如我這般散漫的畢竟不多。

走出我家門口，才赫然發現一面臨路，三面都是廢墟，「不會有點……可怖嗎？」

福正43號

「不會啊，好處是確定不會有人吵我。」其實這些傾圮的樑柱磚瓦也好看，看老房子的結構建材，看爐灶廁浴的舊痕，看大自然如何一步步收回人工……我常看得津津有味，不知背後日已遲遲。

我的左手邊（即一開始那座廢墟、藍白窗再過來之處），有一間正興建中的新屋，另一家則有大小兩扇重疊的木門，可以開大門而關小門，成了一扇「上空」的門。為了什麼？上空可通風，下面關上可防止雞鴨小狗進入，也是先人巧思。

如果是牛頓，大概就會在大門上另外挖一個小洞讓動物進出[2*]——阿婆如果聽說，一定會笑那個姓「牛」的沒有智慧。

在新屋和雙門屋中間，又有一條「致命吸引力」的石板路蜿蜒而上，左邊正可以從屋頂俯看廢屋的另一角度；正面則有剛竣工、未裝門窗的新屋擋道，空著的窗口好像張著的嘴巴，不知想訴說些什麼；右邊的岔路上有幾戶人家，是有晾衣物、有用品散置，明確有「生活感」的人家。

這條路迷人之處，就在它曲曲折折的盡頭，一座白色巨大的燈塔在那兒靜靜佇立，魅惑著迷路的

上空門

遊子……

但你可能先被左邊一大片鮮豔的紅瓦屋頂所吸引，就會由此左轉，看見右手邊小小一塊菜地，且有逕流潺潺而出，說明了島上水源豐沛，不同於其他島嶼常有苦旱。而左邊一旁連棟屋（之前多是獨棟、最多雙併），是全福正村我最羨慕的人家。

倒不是他家有多豪華講究，普通門戶而已，但門前一大塊空地，主人自己搭建了一個小小涼亭，個人專用的涼亭！對迷戀涼亭成痴的我，這簡直像是把珠寶箱丟在海盜面前。

個人獨有的涼亭

更何況他還在四周牆上，砌了大大小小不同色澤質感的許多老甕，人文與自然充分結合，美好的觀感自然散發開來，感染了四周流動的空氣，讓人察覺一個古老沒落的村子，似乎又有活力在一點點的萌芽。

不知不覺，沿著屋邊小徑，一邊欣喜的看到最有朝氣的紅色屋頂，一邊順著亂石堆砌的牆邊走到盡頭……咦？這裡好生眼熟，兩根石柱，一片矮牆，廊簷下停著幾輛機車——這不又走回我的房子來了？難道是傳說中的「鬼打牆」？

其實這是當年為了抵禦海賊，故意沿著山坡，錯綜曲折的蓋了房子。賊寇來時左彎右繞，根本搞不清東南西北，有時連出路、來路都弄不清，心中一慌，還是先撤再說……村民們或許就保住了身家性命。昔日的驚險，今天反而成了遊客連聲訝異的趣味。

至於燈塔，還是好端端的，站在小路遠遠的那一頭，等著我。

日落下的福正

PS.

福正村本來就剩不到幾戶人家，卻忽然跑來我這個陌生人，而且每天繞來繞去、左顧右盼，還不時拍照，也曾經引起留守老人的疑心，還特別叫晚輩去警察局報案。警察哈哈大笑說：「那個不是壞人，那個是作家啦！」老人聽到轉述就放心了，但嘴裡還是喃喃念著：「作家？作家不好好坐在家裡，為什麼到處跑？」

*1. 根據馬祖國家風景區官網，犀牛嶼是東莒最著名的潮間帶，因島形狀似犀牛而得名。退潮時會與本島接合，形成「陸連島」景觀。因為剛好是淡水和海水交界，島礁又多為岩石構成，也成為釣客們心中嚮往的東莒絕佳釣場。永留嶼則是東莒北方一座小島，當地的漁民亦稱之為「漁澳」。

*2. 據傳牛頓養了一隻大狗、一隻小狗，為了讓牠們能自由進出房子，便在牆上挖了一大一小兩個洞。旁人問他，便回答：「大洞給大狗走，小洞給小狗走」，卻沒想到小狗也可以走大洞。此故事流傳至今，經常被人拿來暗指「聰明人做蠢事」。

走路，一直在走路

想真正愛上一個地方，
就從一步、一步走近它、
走遍它開始。

走在小島的路上，總有熱情的當地人會停下轎車、貨車或機車問我：「走路呀？要不要載你一段？」我的回答永遠是：「是啊！」、「不用，謝謝。」

走路可以觀察。不走路，怎麼看見草叢中幽靈般竄過的貓；不走路，怎麼巧遇一大群跳著過馬路的小蛤蟆；不走路，怎麼目睹大白鷺在水邊振翅飛起；不走路，怎麼看見一隻名叫「拿鐵」（就是根據顏色取的名字）的山羊坐在屋頂上——真的坐在屋頂上，還對著我「咩咩」的叫。

不走路，怎麼停下來聞海桐淡雅的香味；不走路，怎麼偷摘宜梧的紅透果子吃；不走路，怎麼看見滿山坡豔紫的南國薊；不走路，怎麼發現第一朵黃黃、圓圓的相思花已在樹上綻放，預告著春天確實已經到了。

宜梧的紅果子

我住在人煙稀少的福正聚落，每天早上信步出走，在老屋群的石板路上繞來繞去，一不小心常繞回自己住家門口；或者直上燈塔，俯看古樸的村落和半月形的海灣；要不就走上另一條環海戰備道，看看此刻的犀牛嶼是孤懸海上，或是已經以潮間帶和本島相連；

即使是平坦筆直的中央大道，也有路旁靶場和崗哨的遺跡，彷彿還繚繞著硝煙味；還可以從右邊轉進舊路，遙想當年島民辛苦的翻山越丘……走路樂趣無窮。

走到了島嶼中心的大坪聚落，就是有餐廳、民宿，以及兩條「繁華」購物街的「熱鬧」市區，路途區區一公里，亦即一千公尺，亦即國小操場跑兩圈半的距離。

每次最多兩圈半。三個主要的村子大坪、福正和大埔大致成三角形，從哪一個走到哪一個都差不多遠，都是平坦大路，有一點「丘陵」級的高低起伏，但又不至於太累——有點累的時候已到高點，一路下坡就到目的地了。

每條大路上又有許多小小岔路，多半湮沒在荒煙蔓草中，忍不住要一窺究竟。有時是荒廢的崗哨，生鏽的拒馬虛張聲勢；有時是菜園，掩藏在一堆廢棄材料建成的圍牆內；有時是猝不及防的驚喜，嶙峋的岩石間躲著一個平靜的小海灣，沙地上散落各色碎石和玻璃，在陽光下七彩生輝……像這樣的「七彩小沙灘」是走路途中最大的鼓舞，讓人更想去探索下一個未知。

七彩沙灘

神祕小海灣

已知的景點是預料中的美，未知的邂逅卻是僥倖拾獲的美，在美中行走，腳不會疲，人不會累。

還有更多無車的人行步道，更幽靜，更清淨，也更能自在踏步。東洋山步道在斷崖峭壁上窺見「驚濤裂岸，捲起千堆雪」；魚路古道一路印證先民篳路藍縷的販魚生涯；往懷古亭的路上，夕陽在枝葉的光彩間嬉戲；而由燈塔往砲臺的小徑，彷彿見到昔日千帆過盡、如今獨留釣客的情景……每一步，都因雀躍的心而更加輕盈。

經過一整日的四處漫遊，我回到「市區」，用完一天中唯一正式的一餐（正式者，有飯有菜有湯也，其他時間為了走路，吃的是麵包餅乾水果，有時也會加一兩粒糖果）後，就又揹起行囊，再走一公里路，回去我一個人蟄居的福正聚落。

東洋山步道展望驚濤裂浪

每晚都是一個人，從來也只有我一個人，既無同向路人，也無相遇對象。一個人走在又寬又直的水泥路上，天地悠悠，不知今夕何夕，明亮的路燈一路照耀我的前程，寥落的星辰在夜空中靜靜升起，青蛙忘情的鳴叫，夜風輕拂我略已疲憊的臉龐……即使村子裡極少幾盞亮燈的窗，也沒有一點人聲。

只有寂靜等著我。

走路也是唯一可以同時從事思考的運動，雙腳自己跟著鞋子前行——反正它們都認得路，腦中卻不斷重播今天邂逅的美好畫面：這裡若有一個休憩涼亭多好，這條小徑是否能通往懸崖，這叢廢墟中盛開的黃花叫什麼名字，明天是不是可以繞過那座山丘去看看，會不會有什麼絕色美景「偷襲」我……

這座島上的美景習慣「偷襲」人，一個轉角，一個回眸，就會赫然發現一個驚豔，一句「哇！」的驚嘆，然後呆坐良久，如夢似幻。常常就失去了時空感：現在是何年何月呢？我又在世界的哪個角落呢？就好像偶爾睡得深熟，醒來一時竟不知身在何處，「夢裡不知身是客，一晌貪歡」[1*]。

而這一切的美好，都是在走路中得到。

我們太習慣快速轉移的交通工具了，往往是匆匆一瞥，也無法隨時停駐，更談不上深入。世上沒有只看一眼就會愛上的美女，也不會有只是路過就會激賞的美景。未及細看，切勿論斷，如果想真正的愛上一個地方，就請你從一步、一步的走近它、走遍它開始。

在小島的路上，如果你看到馬路、步道，小徑或是「大街」上，一個身軀瘦小、腳步緩慢，揹著背包，像蝸牛般走個不停的人，不要懷疑，那就是我。

磯釣小徑

PS.

很少人愛走路，因為會累，因為移動速度慢，因為路上沒什麼好看。可是我除了讀書寫字，大半天無所事事，不走走路、累一累，晚上不會好睡。大多數時候我不一定要去哪裡，所以不用趕，慢才顯得悠閑（你看過貴族跑步的嗎？我是精神貴族）、從容、有氣度。而且島上到處都好看，往往走著走著，「忘路之遠近」。只是我沒找到桃花源，整座島就是我的桃花源。

*1. 語出南唐後主李煜〈浪淘沙〉：「簾外雨潺潺，春意闌珊，羅衾不耐五更寒。夢裡不知身是客，一晌貪歡。獨自莫憑欄，無限江山，別時容易見時難。流水落花春去也，天上人間。」此詩描寫李煜對故國的思念之情。

環島拾荒記

生活的痕跡總會留下，
時光清除不掉的就由我來。

資源回收廠

來到島上第十天，也是我將第一次離開（我還會來很多次，我希望是很多很多次）的前一天，春寒料峭，但一夜的風狂雨暴已息，我揹起背包，右手帶著工作手套，左手持一個粉紅色大塑膠袋，開始撿拾。

我在世界上別的地方看過一些島嶼被「垃圾」滅亡，四處飄散，或半掩土中，或高掛枝頭，只會變多不會減少的塑膠袋完全融入環境，變成那個世界的一部分。像漫山遍野的灰色花朵，人們若無其事的在其間食衣住行，直到哪一天（也許還很久吧，但必定會有那一天）那些塑膠袋、寶特瓶、保麗龍將他們的世界全部掩埋。

還有怵目驚心的垃圾場，堆滿毀棄的汽車、機械、家電、建材。孤懸在海中的島嶼，所有東西都是千辛萬苦、所費不貲運來的，已經壞了、沒用的，當然不會耗費財力運走，就堆著吧，堆成一座山，反正大多數的小島也沒有山。

這山一直長大、一直擴散……直到有一天，變成一個龐然怪物，大到足以一口吞掉這個島——畢竟大多數的島嶼面積有限。海平面上升已搶占不少了，遠道而來的垃圾山又愈來愈大，內憂外患，彷彿島嶼四周的海洋都在哭泣。

「撿就撿，講那麼多！」我自己罵了自己一句，開始動身，沿著島上每一條主要道路（這時才知道東莒「小」得恰到好處），太大的如廢棄建材類我當然搬不動，如果是木頭、落葉、斷枝這些有機物也不必搭理，反正它們終將回到大地母親的懷抱。

我要處理的是無機物，是塑化物，是毒物，是那些已經死了而且永遠不會再死的「垃圾」……比起臺灣許多地方，量並不多，但因為島上人煙稀少，很多沒辦法「自掃門前雪」的路邊空地，還是有些刺眼的、不自然的東西。

說也奇怪，它們連顏色、連形狀都不自然。

在福正繞一圈撿了一袋，福正到大坪又一袋（因為是中央大道，稍微小袋些），大坪經大埔回到福正後更大袋，差點撐破袋子，發出「支支吾吾」的聲音，好像垃圾們在抗議：袋裡面太擁擠了，不如放它們在野外自然呼吸。

我慢慢走慢慢撿，慢慢從拾得物中，窺視一部分島民的生活：撿得很多的是壓扁的空啤酒罐，還有香菸盒，跟四處散落的菸頭。多半來自離鄉背井的營建工人吧，白天辛勤勞動，心情苦悶，在這裡又無親無故，只能相聚喝點酒、抽抽菸……自然不會特意找垃圾桶，也不可能帶回自己宿舍，那就，就任憑它們到處棄置。

其實島上不但有垃圾掩埋場，還有資源回收車，我每次聽到資源回收的廣播，都有一股莫名的感動——文明從來沒有忽視這個偏遠的角落，只是某些人不太文明。

菸頭又分兩種，一種是聚落狀的，明顯是群眾造成；一種則散落路邊各處，那就是從機車、卡車上揮指一彈的落點了，想像中幾乎可以看到：黑夜中倏地射出的一點星火，而短暫的吞雲吐霧，也暫時紓解了壓力與憂愁。

另外就是各種飲料瓶，和裝零食的袋子，這個「嫌犯」就以觀光客為主了，邊走邊吃，吃完就丟……還有誰會把垃圾丟在自家廳堂呢？只有那種「反正我不會再來了」的過客吧。到了一個很美的地方，讚嘆一番，再隨手丟些垃圾把它弄醜，這是什麼心態？

偏偏有些人又有羞恥心，如果一點也不在意、大大方方丟在路旁也就罷了，至少看得見、容易撿；卻又要遮遮掩掩，丟在不太顯眼的地方，所以草叢裡、水溝中特別多，如果有機會真想叫住一個：「喂，很難撿耶，可不可以丟外面一點？」

結論是：有一半的羞恥心，還不如完全無恥。

另外一種則情有可原。可能是居民種菜吧，用麻袋包土育苗，後來栽植未成，只剩零碎袋子半埋土中，這種我會撿得心平氣和，就像一些斷繩、幾片紙箱……生活的痕跡總會留下，時光清除不掉的就由我來。

還有就是棉質的工作手套，就和我手上這隻一樣，數量還真不少，大多埋在土中，可能工作一半手套溼了、髒了，於是就地拋棄，拋不掉的是永遠做不完的工作，以及如榕樹觸鬚般蔓延的煩惱。

我的最大收穫，一是淨心，二是健身。

因為一心一意觀察目標，心裡完全沒有什麼雜念，唯一的煩惱就是有的垃圾很難撿，偶爾高興一下是因為發現漏網之「餘」……哪有功夫胡思亂想？

多年來想學靜坐始終不成，腦中亂亂紛紛如走馬燈，沒想到專心撿拾卻有靜心效果，如果說我斗膽就用這種方式修行，會不會有人罵我太不像樣？

健身則是一定的，除了腳走路，手負重，還要不斷的彎腰……未曾細算，但一天下來走了三、五公里，彎腰撿拾也不下幾百次吧，可為什麼一點都不覺得痠痛呢？也許是為別人彎腰容易、為自己彎腰困難？

偶爾會有機車呼嘯而過，忽然慢下來，一隻溫暖大手拍在肩上：「辛苦了。」、「沒有，沒有啦。」不知怎的，我竟然像小孩做壞事被逮到那樣害羞。

工地旁或人家門口我是不去撿的，那好像在為難別人。好在大家都忙也沒什麼人多留意我，即使看到，也會以為是什麼就業輔導方案的臨時工吧！

倒是往大埔路上，有一男子也手提一袋，另一手則握鐮刀，可能是在採集草藥的。遠遠看見我，或許以為是「同行」，還匆匆加快腳步，害我只好放慢速度，等他在老屋的轉角不見了，才放心的繼續撿拾……

也巧遇了「找茶」的女主人冰芬，笑盈盈的要我把半滿的袋子拿到她家去丟，但我這一段落還沒完成呢，只好客氣婉拒，她更客氣的要請我喝茶——我這一身狼狽可不敢到她亮麗優雅的店，還是改天吧！

環島大半圈，撿完三大袋，回來收到島上朋友的簡訊：「有人說看到一位四十歲左右的人在俯拾垃圾，親力親為在愛東莒，在體驗荒島生活，知道原來是你，讓他很感動……」

年近六十的老人被當作四十左右，這該是今天最大的獎賞吧！不過我還是回訊給她：「不瞞你說，其實我的靈魂已經一百多歲了。」

PS.

沒有在島上生活過的人，肯定不知道島嶼生活的艱困：除了自己種的菜、養的雞，所有、所有的物資，都要從外地運進來。因為加了運費，貴很多，不得不捨棄一些享受（要不就自己做，像我「家」的床與桌），咬牙買來用的，總有一天會壞、會沒辦法修，於是就變成垃圾，永遠不會離開，留下來和所有的人搶佔空間……能回收的資源有限，無機的垃圾像一隻惡龍愈長愈大，而環島撿拾垃圾的我，根本就是唐吉訶德。畢竟來做客的我，也理所當然的成了垃圾製造者——如果這樣一想，島民還希望有很多遊客來訪嗎？

「答案啊答案，在茫茫的風中……」

這樣，這樣的想念

住過五百多個城市，
到過六十幾個國家，
而我現在唯一想念的，是東莒。

我想念東莒。

只去過東莒一次，回來之後半個多月，我一直在想念那裡。

不是那種「已經不會再去了」的想念，而是「再過幾天就要回去了」。是的，回去，就像遊子返鄉的那種想念，我也不知道為什麼會這樣。

我想念黃昏散步時，看見王校長的媽媽一個人走過的情景，歲月在她臉上留下痕跡，卻抹不去她曾有的美麗，她總叨念著：「我兒子比苦苓你小十二歲，為什麼看來卻一般年紀……唉，他太瘦了，為這個島、為孩子們，總是那麼辛苦……」慈母的光輝，和黃昏的夕照一起出現在她臉上。

我想念走過馬路，旁邊的沙地上，就是品媛（東莒國小六年級女生）媽媽的菜園。她戴著斗笠蹲在地上，像照顧孩子般照顧她的西瓜、花生、豌豆還有草莓，她會露出謙和的笑容，順手摘幾個紅紅的草莓給我。帶著沙，我洗也不洗，一口吃下，心裡奇怪為什麼鹹鹹的土地，可以養出甜甜的果子，像孩子們的笑容一樣甜……

我想念船老大帶我出海，在峻峭的礁岩與洶湧的波濤間，他像玩耍般的甩出釣線，好像不太專心的放著釣竿，不久卻釣上了一條活蹦亂跳的鱸魚，我舉起相機，他捧起魚兒，露出有酒窩的、男子漢的笑容。

我想念王大哥，大嗓門、大手掌、大口喝酒。那聲音，證明了東莒人「聊天像吵架」

的傳説；那手掌，大得彷彿戴了一個大手套，述説著漁人的艱辛與奮鬥；喝起酒來，真正的不醉不休，「生平沒有酒，可以活著離開我」，這不知是誰的大話，但真的印證在王大哥身上，多麼豪邁激情的海上男兒啊！

我想念派出所的勇哥，總是文文的笑著，不時爆一個冷笑話。每天在島上走路（和我同一嗜好！），東看西看，試種各種植物，試做各種菜餚，試著「忙碌」的度過「悠閒」的日子，而且也毫不費力的，勝任他警察的天職。所有害怕待在島上太無聊的人，都該先來找他受訓。

我也想念宣蓉（同為東莒國小六年級女生，以下均簡稱小師妹）媽媽的手藝，小小的餐廳卻有多種口味，滿足了懷鄉的阿兵哥、飢腸轆轆的遊客、偶爾偷閒的島民，還有我這種異鄉遊子的需求。撲鼻的菜餚香裡，我看見一個勤奮的媽媽如何拉拔女兒成長。還有，我最想念她的臭豆腐。

我想念我的福正村四十三號小屋，原本完全陌生的老房、空屋，我如今卻可以在心

有空就到沙灘撿一些晚餐

中一一描繪它每個角落，我想念它提供給我的舒適安逸，以及每天一開門就可以看見的無敵海景。在一間間或嶄新、或陳舊、或已傾頹的石屋包圍中，我感覺到前所未有的安心，勝過我在這世上住過的，任何一家豪華旅館——因為它更像個家。

我想念從我的居處，就可以蜿蜒而到的燈塔，想它的風華歲月，百年來屹立不搖，守候著每一個航海人的夢想，而豔紫色的南國薊遍地喧囂，預告濃霧將散，明豔的碧海藍天佐白雲，即將隆重上演。

我也想念我屋前不遠的沙灘，在紅牆似火的白馬尊王廟守護下，細細的沙子輕柔觸撫腳趾，潮水一波波

白馬尊王廟與燈塔下的福正聚落

來、一波波退去，蛤蚌們在其中悄悄蟄伏，等待著某一家大小的來臨，邊竊竊私語邊努力挖掘……每一次的預測、行動、得手或落空，都是一個接一個的驚喜，就像翻飛在礁石間的，一個又一個浪頭。

我還想念那遙遠（所謂遙遠，距離或許不到一公里，但遠的是時間，它的繁華歲月已在百年之前）的大埔部落，那先民們一步步走過、挑魚販賣的古道，那遠眺懸崖與孤島的涼亭，有永遠吹不盡的風，永遠在心中不斷上演的，一個昔日熱鬧港口的如夢情景……

想得更遠些，就想到大埔石刻那兒去了。一路經過肅殺的堡壘崗哨，在「氣壯山河」之後，果然到了「生擒海賊數十名」的古戰場。無法想像這裡曾經滿是硝煙，不管是倭寇或「共匪」，誰也沒能留下或帶走些什麼，海自它的海，島自它的島。

我也想那一個個廢棄了的軍事基地，戰士走了，大自然來了，花草樹藤又占領了建築，蟲鳴鳥叫也代替了槍砲……殺伐已經遠了，亮黃的小花肆無忌憚的開在斑駁的砲口，和平的春風吹過，讓新綻的綠葉與年邁的老樹，一同為戰爭譜一首安息曲。

開滿小花的大砲口

我更想那條沿海的寂寞公路，一戶人家也沒有，只有日落大洋的美景，一片片如鱗的波光，映照在像剪影一樣的連綿島嶼和幾艘孤舟之前。我在這裡目睹一個島嶼的消失以及重新出現，有時沒入海中，有時連結土地，見證造物的奇蹟，只能讚嘆。[1*]

我不能不想的是孩子們，一個個燦爛的笑顏，一點兒也沒有被「困」在這小小地方的感覺，反而盡情的揮灑著他們的青春。有那麼多老師（師生比例近一比一）的悉心照拂，那麼多家長（哈！每一個大人都認識你）的殷殷關切，他們擁有的更多，失去的更少。我常獨坐臺灣，一一在心中念著他們的名子，像個老爺爺般的想望：你們要開開心心的，等我回來……

孩子們的歡笑嘻鬧聲之外，我也想念夥伴們（只能說是夥伴了，叫鄰居太生疏，叫朋友我還不夠格）。我想念夥伴們喝酒划拳的暢快，談論未來時的真摯，以及評斷是非的直爽……這裡沒有人需要客套、需要偽裝，更沒有什麼好爭的，一個島，一家人，不必說，毋須分。

而我更想念島嶼的寧靜。極少的車，極少的人，一點點的機器，一點點的敲打，大多數時候是寂靜，靜到你聽得見每一隻鳥的呢喃，每一隻蛙的鼓譟，還有每一隻蟲兒鳴唱的

小鳥也趁退潮來找點吃的

夜曲。更大多數時候只聽得到一波，又一波的潮水，永無止境的拍打著岸，一直會來，一定會來，多麼令人安心的潮水啊，「早知潮有信，嫁與弄潮兒」[2*]，我想念的沙灘，會不會也這樣子想念我？

一波波的潮水，一定是在催促我早一點回去。住過五百多個城市，到過六十幾個國家，而我現在唯一想念的，是東莒。

一定是這個島把我下蠱了，救郎哦。

PS.

很久沒有寫情書了，直到新修版校對時我才發現：原來我不知不覺，寫了一封給一個島嶼的情書，但我跟它「交往」才只十天而已呀。是我太濫情、還是它太美好了？其實在臺灣這個四處環海的島上，我還是常常向外眺望的，那些個美麗的島嶼，像蘭嶼，像綠島，像大小金門，甚至澎湖的南方四島，我有沒有可能跟它們結識、交往、愛慕而至想念呢？尋找一個島嶼情人，不，情人般的島嶼，一直是我揮之不去的念想——沒料到第一個「雀屏中選」的就是馬祖，而且是馬祖的東莒，離島的離島，卻成了我好像離不開的島。好奇妙。

*1. 指犀牛嶼，詳細請見 P058。

*2. 語出李益〈江南曲〉：「嫁得瞿塘賈，朝朝誤妾期。早知潮有信，嫁與弄潮兒。」此詩描寫一位商婦對久出不歸的丈夫幽怨之情。

看海的N種方式

你可以遠眺無邊大洋，
遍數附近羅列島嶼；
也可以獨坐涼亭，
讓海風輕輕討好你的肌膚；
或者闖入一個小小的神祕海灣，
看涓涓細流匯入海角……

一直都喜歡海。

在我年輕的時候，海是不輕易允許親近的，除了少得可憐的幾個所謂的海濱浴場，所有的海岸都是軍事管制區，立著血紅大字的牌子禁止進入，並嚴厲警告擅闖後果，充滿了肅殺之氣。

記得中學時代幾個人一起到海邊玩，闖進了一個偏僻沙灘，就地放起唱盤跳起土風舞（多麼古老的行為！看不懂的讀者可請教爸媽或阿公阿嬤），結果竟然被持槍的士兵嚴厲喝止，還懷疑我們幾個人是和對岸的敵人通訊呢……最後雖然是虛驚一場，從此卻對海邊更加敬而遠之。

不知道是不是這個原因，後來我出版了一本詩集，就叫做《只能帶你到海邊》。

如今人人都可以毫無阻攔的到海邊了，我卻想去到大海的中間，享受被洋流與波浪包圍的滋味——偏偏我又沒有水手天涯浪遊的灑脫，仍想要一個溫暖安定的角落。

那就只有島嶼了。

看過兩個和島嶼有關的日劇，一個是關於島上小學已無學生，即將廢校，島民到外地去找人來就讀；另一個是年輕醫師隻身到小島行醫……情節大多忘了，但那種孤懸海中、幾乎與世隔絕、與本土的關係若斷似續，很想遺世獨立、又害怕真被遺忘，感覺像「什麼都沒有」、生活起來卻一樣都不缺……這種充滿矛盾的心緒，一直都是我的想像。

直到二〇一二年四月，我來住在東莒（原來是寫「去住」的，忍不住就改成「來住」了）為止。

我真的到「海中央」來了，這個面積僅有二．六平方公里的小島（如果你沒法體會平方公里的話，就想像一個長方形，長二〇〇〇公尺，寬一三〇〇公尺，就這樣，這樣小），幾乎任何一個角落都可以看到海。

當然可以坐著不動整天眺望大海，反正它的豐富多變怎麼樣也看不膩，就算忙著自己的事：寫作讀書散步玩樂……偶爾一抬頭就能看見一小塊的海，反而像是它在窺伺你、在問：「喂，我這麼美，為什麼不多看我一眼？」

從島嶼看海，的確有許多種不同的美，不像在本土，只有一波又一波湧上的浪；也不像在船上，似乎是永無止境的無邊大洋。

可以看沙灘的海，白色的波浪微微的，若有似無的輕吻著細沙，彷彿與情人溫柔的觸撫……但在不知不覺間，沙灘漸漸消失了，海水直逼堤岸，彷彿在強烈宣示自己的主權。過不了許久（在島上，沒有許久這回事，再久都不覺得久）卻又像後悔了似的，海水一片片、一片片的把沙灘還了出來：像情人間的小小齟齬，總有人要讓步。

而隨著潮汐變化，有時候卻能讓一整個島消失——我不是說那種被海水吞噬的礁石，而是一整座。就例如東北海岸的龜山島，想像它消失了，不是被淹沒了，而是潮水退到完全露出了潮間帶，它竟然和陸地相連，變成了一個半島……半島就不是島了，所以說它消失了。

第一次看見這樣會「消失」的島是在法國的聖米歇爾，一座島就那樣「放」在海邊，上面蓋著一所修道院，只有一天特定的某些時候，海水會像摩西渡過紅海那樣，退出一條路來，供人徒步前往朝拜，過不多時，海水重返，它又成了海上一座孤島。沒想到當時驚訝不已的我，竟會在十幾年後，每天目睹這樣的奇景。這座犀牛嶼上沒有修道院，我們穿著雨鞋跨海過去也不是為了朝聖，而是為了一路上的花蛤、砂蚌、貽貝、藤壺、海膽、海菜，以及各種大大小小說不清名字的貝類……繽紛琳瑯，難以想像小小的一塊地方，就孕育了那麼多采多姿的豐富生態，不管你有沒有宗教信仰，也得承認確實有一個萬能的造物主，為我們創造這美好一切。

退潮時露出相連陸地的犀牛嶼

還可以到懸崖上看海，看波浪在高聳岩石的縫隙之間迴旋，一道道不同形狀的白色泡沫，似乎是大海對你有話要說；而拍打在礁石上濺起的四射水花，又似在傾吐強烈的情感……這裡水與岸的關係不再如沙灘的溫柔、如潮間帶的豐厚，而是對峙的、緊張的。海浪湧起，奮力拍打岩壁，甚至高高跨越，卻又終得散落下來，像敗兵般緩緩流散，在水中翻攪一番之後，伺機再起，一切重演……

幾萬，幾十萬，甚至幾百萬年來都上演著這岩石與海浪的戲碼吧！沒有一方放棄，都始終堅持著；也沒有一方成敗，時光是最好的仲裁。或許有些岩石變了，碎了，落了，甚至被鑿出深深的凹洞來，但它也總還峙立在那兒，宣示著島嶼恆常的存在，維護著這個在地圖上都不容易找到、卻一直存在許多人心裡的島。

在這個「戰場」的中間，卻又沒有那麼多的殺伐之氣。四月的時候，由紅而豔紫的南國薊會一一盛開，或獨立一隅，或成簇綻放，為初春的島嶼添上新妝；五月來臨，高雅潔白的野百合四處綻放，迎風招展，彷佛宣告著和平與安詳——總之奪走了不少目光，讓人們暫時

東洋山的岩與浪

忽略了懸崖底下，岩石與海洋的長期爭戰。

而從高處看海，最好也不要太久，因為看久了會目眩神馳，會著魔般的忘了自己。就像浪花洗過礁岩一樣，稍稍做個心靈的洗禮就好。

海的面貌當然不僅於此，可以在高高的展望臺上，遠眺無邊大洋，遍數附近羅列的島嶼；也可以獨坐涼亭，坐擁萬里海疆，讓海風如朝貢般輕輕討好你的肌膚；或者闖入一個小小的，充滿神祕氣氛的海灣，看涓涓細流由腳下匯入海角，沙地上滿是亮麗碎石、貝殼和小片彩色的玻璃，原來海也可以用這麼斑斕的方式，與人相逢。

四月，由紅而豔紫的南國薊一一盛開

我還沒說到乘著漁船出海，真正在大海的懷抱裡倘徉呢！我也沒說到靜夜觀海，看滿天星斗從黝黑的海平線上一一升起。我更沒有提到，那許多人口耳相傳、卻始終難得一見的「藍色的淚珠」[1*]，那到底是傳說，還是神話？

來吧，到一個島嶼中來擁有大海，不，是被大海擁有。讓純淨的藍與白將你纏繞，讓海洋的波與濤將你懾服，讓你的心變得跟大海一樣遼闊、無邊、充滿想像……

馬祖著名的藍眼淚（星砂）　林建良／攝

PS.

我們來自大陸文明，卻又孤懸海上；我們力求平穩沉靜，又忍不住好奇探索——從我們那一半的祖先決心跨過黑水溝開始，矛盾的DNA就已存在我們身上。海上生活不易，島上豈非更加艱辛？我探問過島民先祖的來歷，「就海盜啊。」他們答得一點都不忌諱，「平時打漁，有商船過就搶一下，那輕鬆多了。」說得理直氣壯，但我仔細一想：但凡能在陸地上有一塊謀生之地，又何致淪落到這荒僻小島來？我們當初那一半的祖先，又何嘗不是如此？只不過他們幸運些，去到的是土地豐饒的大島；而困居貧瘠小島的他們，若不強悍，後代也留傳不到現在，「海盜的後代」，與有榮焉。

*1. 藍眼淚是馬祖著名的星沙，它是一種夜光蟲（渦鞭毛藻），在感受到周遭環境變化時（例如風或海浪的驚擾），會發出淡淡螢光。

猶有煙硝味

戰爭就像那些鏽棄的坦克，
只是一段逐漸模糊的記憶。

島上有很多坦克。

都不是很大的，小小的坦克，散落在許多不起眼的地方。有些看起來還算「健全」，漆著迷彩，上面掛著偽裝網，通常會向著大海，但那細細的砲管，讓人懷疑能打到多遠。

大部分則是已經生鏽的，而且放在奇怪的地方：有的在半山丘上，幾乎被芒草掩埋了；有的甚至在菜園邊，小鳥經常在上面棲息；還有一部面向沙灘，砲口卻對著一隻早已擱淺的老漁船，彷彿多年來一直監視著它……當初也不知這些坦克怎麼自己走到那裡去的（總不會是人推過去的！），又怎麼就被丟下，靜靜的被時光鏽蝕，化為一個個模糊的烽火形象……似乎一切只為了證實，是的，這裡有過戰爭。

島上散落著許多小小的坦克

有一次來時碰上演習，中央大道（就是被叫做「中興路」那條，大坪往福正的大路）兩邊的山壁裡，每個坑洞都停著一輛大坦克，看來是真刀真槍的，如果敵人由此長驅直入，必會遭到迎頭痛擊……不過敵人一直沒有出現，臉上塗著迷彩的大兵三三兩兩站立著，像揹旅行袋一樣揹著槍，偶爾還笑語兩聲……忽然嚴肅起來，大聲喊著我聽不太懂的口號，原來是一輛巡察的軍車開過。

那輛車就整天在小小的島上開來開去，造成此起彼落的響亮口號，也增添了這悠閒小地方一點點緊張的氣息，軍車上掛著紅底白字的大牌子「後有車隊」，但我一直沒看到過後面還有車子，倒是有扛著鋤頭、提著菜籃的阿嬤，慢條斯理的走回家去。

還有一次在靶場前擺了一整排裝甲運兵車，在保養吧，裡裡外外擦得油亮亮的，吸引了來旅遊的女生，跟阿兵哥撒著嬌要求靠近拍照，後來還趴在車上，最後乾脆鑽進車內打開蓋子出來揮手了……皮膚黝黑的阿兵哥想制止，又禁不起嗲聲細語，就小心的擋住車子編號，還不斷囑咐：「照片不可以PO網哦！要不然……」女生們吐吐舌頭，開心的走了，「唉，我剛擦乾淨的說，又給我踩上去……」聽起來也不像真心的抱怨。

就像那些空蕩蕩的靶場，標語牌倒是高高的聳立著「看不見不打，瞄不準不打，打不到不

坦克砲口對著老漁船

打」，真是無懈可擊的至理名言，讓人很想在底下加一句「乾脆不要打」。

而一個個打靶的坑洞旁，則長滿了遍地的月見草，鮮黃的花朵在風中輕輕搖擺，而且隨著爬藤一路延展，把原有的肅殺之氣都變柔和了。很難再想像指揮官居中高喊「左線預備——」、「右線預備——」、「全線預備——」、「開始射擊！」然後就乒乒乓乓一陣亂槍響後，正要安靜下來，又忽然「砰！」的一聲嚇大家一跳。這回要安靜得更久了，半天才聽到一聲「停止射擊——」每個人同時重重吁了一口氣。這還只是打靶，若打的是人，自己可能先被胸口沉重的壓力給鬱傷了吧！

靶場標語，嚴肅中帶點搞笑。

好在一切都過去了。

營房一間間空了，崗哨一個個撤了，如蛛網般密布的坑道被荒煙蔓草盤據，又回到了原本大自然的懷抱。我喜歡在一個個荒廢了的基地上遊走，看他們用汽油筒挖出一個個三角形，把這三角鐵皮豎立起來、做成拒馬的樣子，比起標準型、通常在臺北街頭鎮暴用的拒馬，它看起來有點柔弱、似乎阻擋不了什麼，「哎，那是不是烤肉用的？」、「不是吧，比較像桶仔雞。」偶爾聽到經過的遊客這樣對話，連原本一臉嚴肅的哨兵，都忍不住嘴角微微咧開。

有些「軍事重地，嚴禁進入」的牌子也還在，和鐵桶拒馬一樣，只剩下宣示的意義，甚至連宣示也沒有了，上面放肆的結著蛛網，只是「曾經存在」的證明吧。

就像那哨亭裡，曾有士兵緊張的端著實彈真槍，心裡不斷默誦今晚的口令，時時提防著四周的風吹草動；就像那坑道裡，有匍匐著年輕的身軀，正頂著風雨要前往接哨的士兵，他們在射口繃緊了神經，看著黑暗中的海岸線，不知道沙灘上的軌條砦（砦，音義同「寨」）、岩壁上水泥糊上的尖銳玻璃、四周的濱柃木與瓊麻之間遍布的地雷，是否真能阻止，那傳說中神不知鬼不覺，就能來摸走一個哨所的「水鬼」？

鐵桶做成的簡易拒馬

水泥糊的尖銳玻璃

對於未知，人們總有太多的恐懼、更多的傳說。當年抽中「金馬獎」（到金門馬祖服役）的義務士兵，那真是青天霹靂，誰都不能通知下被送到港口，上船，顛簸流離，之後就到了一個全然陌生，荒涼，無限遙遠的地方。而且生活裡的一舉一動，生命中的每一秒鐘，就是要「絕對服從命令」，主要的任務當然是——殺敵報國。

等家人接到被政戰官員嚴厲檢查、可能塗得這裡那裡一塊塊黑的家書時，或許已是幾個月後了。而不到三年退伍期滿，是不可能互相見上一面的。在有些大的島，士兵還可以到某些照相館偷偷拍張照寄回家，家裡也偷偷寄些錢託照相館轉交（若是寄到部隊，那一定是全數退回的，因為他們「有國家照顧」）。而在小小的東莒，這一切是不可能的。

每次我一走進那厚厚混凝土築成的崗哨，就由外到裡全身冰冷，不由得想像年輕的孩子在此忍受磨難，用懷鄉之情來抵禦海風與酷寒，一天一天數著退伍還鄉的日子，而那一天也不見得必定會到。有時候，極少數時候，家人盼到的只是一小盒骨灰和一張「為國捐軀」的通知，讓忍了許久的眼淚又傾洩而出。

這一切當然過了，遠去了，甚至漸漸不再有人記得了。

島上的駐軍一路從兩千人降到兩百，「敵人」的漁船肆無忌憚的在岸邊捕魚，甚至就把船停在我方的港口。在這早已不是戰爭的年代，戰爭就像那些鏽棄的坦克，只是一段逐漸模糊的記憶。我獨行島上，偶爾聽見遠遠傳來「雄壯、威武、嚴肅、剛直……」的口號聲，更偶爾也會傳來規律的槍砲打靶聲，但那甚至驚不起樹林裡棲息的白鷺。我駐足側耳，四周又恢復了寂靜，只有蛙鳴固執的持續著……

沒有人說得清楚當初是為誰而戰、為何而戰，好在馬祖島上也沒有真的「戰」，那些留下來的基地，尤其是觀測所，都占據了絕佳的視野，三百六十度的環景岩壁海濤，左邊是雪白高聳的燈塔，背後是浪花拍岸的礁岩，前面是一片迷濛、灰暗石屋的古老聚落，右邊則是落日之前的沙灘、漁船、島嶼，又一串島嶼，再一個島嶼的剪影，貼在片片晶亮的波光上……

這麼美的地方，只適合喝一杯咖啡，在心裡跟那烽火連天的時代，輕輕道別。

戰爭早已過去，
如今剩下砲彈中盛開的花

PS.

其實除了崗哨和軍車，島上還留下來的戰爭氣味，更多是屬於「人」的。例如麻雀雖小的小吃店，菜單卻異常豐富，包含了絕大多數臺灣各地的小吃，顯然是為了滿足阿兵哥們的鄉愁。商品少得可憐的小賣店，二樓卻別有洞天：一整排的遊戲機，假日想必喧鬧的很。很多貼著斑駁大字的「浴室」、「洗衣」則完全不再有客人了，一間又一間大門深鎖。島民既恨國民政府退守到此、「戰地政務」使這裡毫無發展，只能看著對岸的高樓大廈不斷升起；但也不能不承認許多人是靠「賺阿兵哥錢」才得以維持生計、送小孩到臺灣上學甚至買一間房子——好在這種愛恨交織的情結漸漸淡了，兵愈來愈少，遊客卻愈來愈多，這似乎是全新的願景呢！

我有幾座亭子

涼亭是風的提供者，
四面八方源源不絕的風，
撫慰我疲累的身軀，
振奮我蒼老的心靈，
人生還能有什麼不足呢？

由半邊亭眺望西莒島

我是個涼亭迷戀者。

不管在山裡、在海邊，走路之後會流汗，流汗之後就期待風。

即使一點點風也好，那時候全身的皮膚都極其敏感，在空氣中努力捕捉，即使細如蛛網般的一點點風。只有渾身大汗，才更覺風的可貴，才不會錯過任何一絲絲風，感謝老天的恩賜，做為我疲累之後小小的報酬。

而涼亭正是風的提供者，除了遮蔭，避雨，有極好的展望（當然也有些公家會把亭子蓋在全然無風的凹谷裡，那就不叫涼亭，只能叫呆亭），更有四面八方源源不絕的風。

「亭」字本身就寂寞得不得了，日式庭園裡直接就能用石頭、石柱、石蓋擺出這個字，有的還點上燈。

「長亭更短亭」[1*]，亭子何來長短呢？原來十里長亭，五里短亭，古人情深義重，送別要一直送、一直停（啊，原來亭邊有人就是停），所以一路要有亭，不管長亭短亭，送君千里的情意綿長。

而我在島上走來走去，最愜意的落腳處就是涼亭。

距離最近的是福正沙灘邊的木造亭，底下居然是碉堡，也不知是亭掩飾堡，還是堡維護亭，反正亭子就坐落碉堡上，殺氣森嚴之上是輕鬆寫意，不協調中的平和景象。

前一陣子漢光演習，阿兵哥還在旁邊砌了沙袋掩體，擺一個假人，握一把假槍，害我在亭裡喝咖啡時差點噴出來。

是人手不足？還是暗示戰爭在打假的？比起金門的坑道前不但有雕塑假兵，還會大喊：「敬禮！來賓好！」這還算含蓄的，反正烽火已遠，戰爭只是模糊的記憶，存留在不死但已凋零的老兵身上……

這個亭我取名「攬月」亭，月明時可見海上波光粼粼，月亮大得彷彿伸手可及。旁邊的白馬尊王廟，靜靜守護著這古老、破落，但仍有漁人孜孜不息的村莊。

往濱海的路上走，一條全無民房的戰備道路，遠遠可以眺望犀牛嶼潮間帶的地方，瓊麻後面掩映的營房，不管發生過什麼慘烈劇情，都已是不堪追憶的往事了。

福正沙灘邊的攬月亭坐落在碉堡上

漢光演習時亭內堆砌了沙袋與持假槍的假人

不知會不會有穿著迷彩軍服的幽靈，出現在那兒對我喊著：「口令！」隨即槍口冒出螢光般的火花？

那兒也有一個小小的、傳統式樣、黃瓦白柱的涼亭，我喚做「向晚」亭。因為這兒總有夕照，總有貪戀白晝的落日，在水面留下千千萬萬倒影，襯著島嶼和孤舟的剪影，叫人刺眼又忍不住凝目，忘了「蒼然暮色，自遠而近，至無所見」，常愛向晚不思歸。

做為東莒門戶的猛澳港（其實是「艋澳」，艋舺的「艋」，將錯就錯又何妨），一路陡上大坪村的半途，有一個新建的松木涼亭，應是徒步背包客的救星吧！在此歇口氣、喝口水，「卻顧所來徑，蒼蒼橫翠微」，回顧剛才行經的西莒、之前登船的南竿，還有對岸隱約的長樂，水天茫茫，才驚覺自己怎麼到了這天之涯、海之顛？

這個涼亭的屋頂，不知是設計師的刻意巧思，還是畫圖時筆滑了，屋頂居然只覆蓋住亭子的一半；換句話說，有一半的「美人靠」上面是沒有頂、直接可見雲天日月的。

有人戲稱它「半邊亭」，我寧願稱它「晴雨亭」，雨時須頂，晴時望空，不是兩全其美嗎？「道是無晴卻有晴」，我喜歡在這裡，看白色的渡輪遠遠駛來，載來滿船居民的需求、旅人的夢想，以及返鄉遊子的企盼。

陽光過後總有陰霾，落雨之後也必青空，時晴時雨，重要的是有風就好，不然何以稱「涼」亭呢？

至於大埔石刻，唯一已被命名的「懷古亭」，亭外雕樑畫棟，亭中無桌無椅，如何休憩呢？原來亭中用透明罩護著「三級古蹟」的刻字石碑呢！「殺風景」莫此為甚，既是「大老粗」幹的就不予計較了，好在旁邊樹林下石桌石椅尚可一坐，看遠方濁浪排空、釣客揮灑，也自有一番風情。

還有一個該「亭」而不亭的地方，那是東洋山步道。這條蜿蜒的八字形小徑，面對的是千噚斷崖、百尺浪濤，往下眺望會令人目眩神馳的。鬼斧神工的崗石，奔騰洶湧的浪潮，站到崖邊，狂風彷彿就要將你席捲而去的……難以想像，小小島嶼上的壯闊景象。

這裡有一個崗哨改建的ㄩ形展望臺，有一個圓形小廣場般的觀景臺，卻連一片屋頂也沒有。豔陽當空，即使有風也不涼，難以久留，忍不住要問：世上只有留人的美景，哪有趕人的風光？

可見「亭」還是得有蓋，否則就難「亭」——我會

懷古亭內陳設「大埔石刻」

懷古亭

不會對這小島太苛求了？畢竟一個多月前我只是個陌生人。

但我小小的祈求：有一座亭子在此，名喚「崩雲」亭。「亂石崩雲，捲起千堆雪」，對於浪濤拍岸，這就是最好的形容。

而我最愛的則是大埔的涼亭了。高踞小丘，俯瞰令人發思古幽情的百年漁村，遠眺山崖峻峭的林坳嶼[2*]，看雞鴨悠遊石徑，野貓出沒屋角，各色花朵恣意綻放腳邊，無邊綠意充滿兩眼，大洋的浪潮一波一波、永無止息的撲向礁岩，環景三百六十度的視野，讓你不開心也難。

這時候擦一把汗，迎一陣風，拿出杯子，取出濾掛式咖啡，打開保溫瓶，將熱水緩緩注入，先聞到陣陣撲鼻香氣，繼而細細啜飲一杯濃郁咖啡，再佐以一塊甜點，在舌尖漸漸融化，參與這五感到齊的身心盛宴……

人生還能有什麼要求？能有什麼不足呢？

和我這半生憩息過的每一座山林裡的涼亭一樣，撫慰我疲累的身軀，振奮我蒼老的心靈，這時唯一的念頭只有：「啊！我怎麼這麼好命呢？」

杯子已空，餘香裊裊，海島上無盡的風，仍在我四周放肆的嬉耍著。

這一座亭子，我稱它做「與風同坐」亭。

俯瞰百年漁村的大埔涼亭

PS.

或許我太閒，說是太無聊也可以，居然幫全島的涼亭都取了名字，甚至還奢想每一座亭子的名字請一位書法家揮毫、做成牌匾，遊客到訪時，給他們每人一張簡圖，可以按圖索驥，走遍每一座亭子，瞻仰每位大師的手筆，也體會作家用心提醒的意境——日本的宇奈月溫泉小鎮，就是請了十幾位名家做了雕塑，放在鎮上不同角落，讓遊客按著地圖尋找、欣賞作品，也一併遊覽了小鎮風光。不過這只是我的念想，和我其他許多不實際的想像一樣，始終只存放在我的腦海，隨著記憶慢慢模糊……「語言的巨人，行動的侏儒」，說的就是我吧？

*1. 語出李白〈菩薩蠻〉：「平林漠漠煙如織，寒山一帶傷心碧。暝色入高樓，有人樓上愁。玉階空佇立，宿鳥歸飛急，何處是歸程？長亭更短亭。」此詞描寫婦人憂愁遠方行人歸期無望，道路幾千，路上無數長亭短亭，遙遠無盡。

*2. 根據馬祖國家風景區官網，林坳嶼位於東莒島南側，是東莒島周邊的三座小島之一，終年與東莒島遙遙相望，無法像北側的犀牛嶼一樣，在退潮時與東莒島相連。

燈塔以及其他

百年來，
燈塔守提著油燈、佝僂著身軀，
冒著凜烈強風執行任務……

由福正村順著石板路蜿蜒而上，兩邊滿是迎風招展的五節芒，無所不在的大花咸豐草當然也不會缺席。有趣的是，離開村落之前，最後看到的一棟屋子上，竟隱約漆著「故鄉冰果室」的字號。

遠渡重洋、不知為何而來的士兵，在溽暑的島上吃著冰、望著海，真的會因為思鄉而眼淚漣漣吧。

到了燈塔門口，白色的門柱、白色的矮牆，完全是西洋風格，好像一不小心走入了另一個國家。

整個燈塔內的建築風格統一簡潔，白牆灰頂，方正齊整，不管是整排的辦公室、宿舍、倉庫，主棟的文物陳列館，甚至錯落的儲藏小屋，都忠實襯托著那高高聳立，已有一百四十年歷史的白色燈塔。歷史的屈辱早已遠去了，中英戰爭、南京條約、開五口通商，為了福州商旅之便而開在閩江口的燈塔，原本要設在西莒的，卻因為當地人擔心破壞風水而改設東莒（傳聞西莒民風強悍，果然），如今西莒人遙望絡繹不絕前來探賞燈塔的遊客，不知心中是何滋味？

院子內綠草如茵，除了闢出一小塊沙地供員工種菜。此刻盛開的南國薊和野百合，更在風中招展著萬種風情，抬頭仰望，燈塔更顯得高大，也不愧是整個島的地標。

在許久以前，用傳統的煤油燈加上三稜鏡等，就能發出耀眼光芒，指引迷霧中往來的船隻，令人不得不承認洋務之強，不得不接受英國人赫得[1*]來擔任清國海關總稅務司。人家建起的不只是高度科技的燈塔，還包括我國沿用至今的關稅制度。

在文物館內讚嘆著當時就已經很「進步」的工具用品，也注意到一組古老的咖啡器具。在這兒默默守護安全也守候寂寞的年代，除了英國人，竟有丹麥人、俄國人、荷蘭人都曾相繼擔任燈塔管理，當他們在離鄉萬里的地方喝著咖啡，那湧起的鄉愁，一定比海角的濃霧更化不開。

東犬燈塔前南國薊盛開

其實我從小幻想當一名燈塔看守員，不知為了什麼。是為了無人打擾的清靜、還是日日看海的閒散？甚至服役分發時還寄望抽到這類部隊。後來才知道燈塔守可能是世上最寂寞的行業，才知道多為父子相傳才得以為繼，才知道大部分燈塔都自動化不再有人看守……如今又看到一個「心目中」的燈塔，不由得倍加欣喜，而這兒遊人不絕，員工眾多，也早已失去那股寂寥的況味。

即使曾在國共對戰時一度熄滅的燈塔，也換上了現代的鎢絲燈泡，更有效率、更令人安心的運作著。不知到底還有多少船隻仰賴它的燈光導航，但它的英姿卻隨著人們取景拍照，散布到世界上更多地方去了。比起那許多在幽暗偏僻中逐漸被遺忘的燈塔，島上的這一座更顯得精神抖擻了。

最特殊的是由主屋到燈塔的，一座長長的白色矮牆，從旁邊一株風剪的小松樹，可以想像百年來，燈塔守提著油燈、佝僂著身軀，冒著凜烈強風執行任務的情景……許多靜止的畫面會述說動態的故事，只要懂得聆聽。一路向前，是兩門黑色的霧砲[2*]，當霧濃到即使兩萬三千瓦的強光也黯然失色時，只有以隆隆的砲聲提醒水手們了。由砲口的射線延伸過去，正是茫茫無際的大洋。

再往前行，已出了燈塔範圍，右邊是一個規模頗大的陣地，和剛才燈塔進門時右邊的營房一樣，都已荒廢多時，唯有對著正前方（和兩門霧砲同向）的一門巨砲，還在完整剛強的陣地裡高高舉起，彷彿隨時可以擊發，引燃那熄滅已久的，漫天戰火。

幸而巨砲前已無硝煙，草地上開滿了小黃花，搖曳著平和的氣息，而旁邊的木製觀景臺，則不經意的洩漏出來島上兩大美景：黃色的玄武岩，與蔚藍色的海浪，正以各種玄妙絕奇的姿態組合演出，抓住每一位旅人讚嘆的目光。

近處的叫蒼山，風化的石頭如累卵般堆疊其上，好像一陣風就會被吹落入海。偏偏常有磯釣客挺立岸上，任千仞波濤不時淹沒身影，光是看著就已一身冷汗，卻總有人前仆後繼、樂此不疲，看著一名釣客小小的、堅毅的身影，在壯闊波動的山海美景中，的確令人動容。

遠方小小的島則叫「大嶼」，明明是四周最小的島為何偏叫大嶼呢？就像派出所那隻黑狗被我叫做「小白」一樣，天下的黑狗都無條件的被叫「小黑」，必定也有主人想要他與眾不同，或許小島就這樣被叫做大嶼。

而且它雖小卻是注目焦點，孤懸海外，驚濤不斷，經常被淹沒卻不致消失，持續遭撲打但不會崩毀，小島的志氣不小，它會一

孤獨又滿足的一名釣客

直在那兒見證月升日落，潮來潮往，而且記憶著每一發隆隆砲聲，不管是為了喚醒霧中迷船，或襲擊一艘艘攻往本島的敵艦……

驚嘆過海角絕景，順著馬路往下，遠遠可看見坦克和崗哨的「軍事重地」，這就是阿兵哥們駐紮的五三據點，五三阿婆的店由此得名。

只是平民百姓的我們當然不會去擅闖基地，卻往右邊的芒草叢一鑽，地上的長草隱約被踏出左右兩條路來，往左邊走，小心避開地上坑洞，高舉雙臂護住割臉的芒草，懷疑自己幹嘛闖進這島上到處都是的廢棄崗哨，萬一觸動什麼雷什麼彈……

等到攀上一座圓形碉堡，環視三百六十度景觀之後，就沒有抱怨而只剩激動了……這裡可以看見外海層層島嶼，看見一彎圓弧沙灘，看見整個古老的福正聚落，看見綠意覆蓋的山坡，看見聳立高崗的燈塔，更別說底下環繞著驚濤拍岸、巨石崩雲的壯觀景色了……在這裡就能把半個東莒的美景盡收眼底。

而你還可以在這裡看日出，也看日落，沒錯，同一個地點，這世上能看見朝陽也看見夕陽的地點並不多吧？何況又是在這樣的美……噓，像這樣的祕密景點，我只告訴你。

貪看美景腳痠了嗎？說也奇怪，碉堡中央竟有兩張白色木椅，可以供你和同伴輕輕入坐、靜靜瀏覽、深深入目、久久不忘……此情此景，只能用兩眼做鏡頭，以心靈按下快門，用永恆的記憶建檔。

到了這海天之涯，跟你喝杯咖啡，那是一定要的。

我想開咖啡屋的地方

PS.

燈塔並不只是引路的明燈，燈塔見證的是一個偉大時代的來臨！為什麼有燈塔？因為有船。什麼船？主要是商船。來做什麼？從哪裡來？從遙遠的歐洲、美洲甚至非洲來，來買賣商品，來打開國門，來帶進文明，來讓一個古老的民族看見這個世界，再也不能置身事外，因而有了驚天動地的改變。在燈塔展覽室的地圖上，我才發現一座又一座燈塔連成的虛線，正是船隻所要依循的航線，從一盞燈消失，到另一盞燈出現，在沒有GPS的時代，黑暗無邊的天空中，燈塔就是水手們仰賴的北極星，共同開啟了大航海時代、地理大發現——不知道這小小的島又是被誰發現的呢？

*1. 羅伯特・赫得（Robert Hart 1835～1911），英國人，曾任職晚清政府海關總稅務司達半世紀（1861～1911）。他在任內創建了稅收、統計、檢疫等一整套嚴格的海關管理制度，為清政府開闢了一個穩定的稅收來源，其主持的海關還創建了中國的現代郵政系統。

*2. 中國霧砲使用始於十九世紀末，直到民國四十年代才停止使用。起霧時，每隔十或十五分鐘鳴霧砲一響，聽聞船近發出汽哨或其他聲響時，燈塔則以霧砲應答，每三到五分鐘，鳴砲兩響，直到船隻離去。

一個沒有名字的老人

他哽咽了，
我的眼眶也已溼潤，
一個人在顛沛離亂的過了大半生後，
到底還能忍受多少椎心的痛楚？

從二樓的木造樓梯走下來，看見客廳裡有人。

我嚇了一大跳！兩腳僵在木梯的最後一階。住在福正四十三號這麼久了，既無鄰居，也乏路人，只有把機車停在我門口的工人，偶爾遇到了會不得不的問一句：「你住這裡啊？」、「對，我……」來不及回答，他的背影已走遠了。

這次卻有人主動跑到我屋裡來，雖說我在時根本不關門，但這樣不請自來的是何方神聖呢？正在狐疑時，他也緩緩轉過身來。是一位七十幾歲的老人，白髮蒼蒼，臉上深深刻著歲月的痕跡，表情無喜無怒，只有眼睛的顏色特別淡，灰灰的、茫茫的，不知他在看哪裡。

「請問……有什麼事嗎？」我總算恢復鎮定，也許島民就是如此直率，不理就不理，愛來就來。

「沒事，就……坐坐。」

「哦。」我在他對面的板凳坐下，屋裡沒有窗，他又背著門口的光，靠近了反而看不清，就只一個蒼老的剪影。

「請問您……貴姓啊？」

「沒有姓名，」他的回答有點唐突，語氣卻很平淡，「我住你對面。」

「原來是鄰居，」我試圖拉近距離，好歹這是我獨居這房子的第一個訪客，「你……

老家在哪裡？」

「那，」他的下巴抬一抬，對著外面的大海，「就對面，長樂[1*]。」

「哦，很近嘛，」許多馬祖人都從那裡來，其實現在屬於連江縣的馬祖，之前還屬於福建長樂縣，我也知道在東莒許多人都會回長樂去探親、拜神。

「回去過嗎？」

他不出聲了，一動也不動的坐著，好像要把自己坐成一尊塑像。大約過了半世紀那麼久吧，才聽到他嘴裡幽幽的吐出一句：「沒有。」

「為……」我脱口而出，馬上察覺自己的無禮，硬生生把話吞了回去，差點被口水嗆到。

「沒臉回去，都敗光了。」他緩緩的，彷彿極其艱難的說出這句話。但一說出，似乎也就在心裡釋放了什麼，於是開始操著濃濃的口音，一個字一個字說出他的故事。

原來他是福建長樂的漁民子弟，十三歲時在碼頭被軍隊拉伕到了臺灣，當然就再也沒機會回家過。一直到退伍存了一筆錢，卻因為孤身寂寞、沉溺賭博，不但輸光了生平積蓄，還欠了地下錢莊一大筆錢，被黑道討債追殺……

「最後就逃到這裡來了，」他平靜的說著，好像這只是別人的故事，「我沒有門路離開臺灣，最後就只能跑到這裡來了。這裡人少，又沒人認識我，他們要追……應該也追不到這裡來吧！」他臉上的線條牽動了一下，像是要笑，卻更像哭。

「而且……這裡離老家更近。」

這下換我不知如何接口了，屋裡又安靜了許久，「沒有錢……在這裡能生活嗎？」

「那倒不難，」他的語氣仍然一貫的平板，「這裡釣魚容易，退潮的時候撿撿貝類螺類，再自己種種菜……餓不死。」

想來路旁那一塊菜園是他的囉？用各種廢棄的木板、窗框、椅子……圍成牆，每一株菜的四周各插一根木條，再用紅色的塑膠袋圍上防風，老人灌溉的不只是自己的生機，也排遣了無數個苦悶的日子。

「都……一個人？」我忍不住好奇心。

「原本都是，後來認識了附近一個女人，她……沒了男人，自己住。」他灰暗的眼瞳忽然亮了起來，語氣也稍稍提高了些，「她年紀不小了，也沒有多……好看，就是兩個人做個伴嘛，人家不嫌棄你就不錯了，窮老頭一個，什麼都沒有！」

「哪裡會？你有她、她有你……很好啊。」我試

島上少見的菜園，被主人細心呵護著

圖寬解，也真心欣慰他在孤身五、六十年後，終於第一次有了家的感覺。
「沒有了。」他剛亮起來的眸光忽然又滅了，像忽然被風吹熄的燭光。
這下我不敢問了，死了？走了？反正終究是沒了。他整個人像蔫掉了的菜葉，連肩膀都垮了，身形好像在不斷的縮小，眼看著要化成一灘水，從門口流出去……
「沒有了也就算了，」他的語氣又變得冷淡平板，「開放探親了我不敢回去，別人都是衣錦榮歸，起碼手上有一點錢，我除了一屁股債還有什麼？我拿什麼臉回家？」
我仍然無話可說，卻不知更驚人的還在後面，「我以為躲在這裡誰都不認識，除了她我也沒跟人來往，不知道怎麼被住在對岸的親兄弟知道了，託人傳信一定要我回去。」
這下怎麼辦呢？我在心裡問著，沒有開口。
「我撕掉了一封又一封的信，信封上確確實實寫著我的名字，幾百年沒人這麼叫我了，我也快記不得自己有這個名字，可是我連拆都不敢拆，直接撕掉，撕了一封、又一封……
「我怕忍不住呀！那麼近，要能回不早就回了嗎？我什麼都沒有，拿什麼臉回？你說，我有什麼臉回家？回去給我爸媽丟人、給我兄弟笑話嗎？」
我縮起脖子，連呼吸都不敢太用力，唯恐激起老人深深壓抑的憤恨，在這個關頭，說什麼都不適合。
「後來……後來我的兄弟們，竟然把漁船都開到對面的福正港來了，沒錯，就對著我的大門，用喇叭廣播器喊我的名字，叫我回家……」

我全身的雞皮疙瘩都起來了！沒想到我每天面對欣賞的海灣，那島連著島、海連著天的「無敵美景」，卻會如此殘酷的傷害一個老人的心。我看過不少離岸很近的大陸漁船，不難想像有一艘甚至好幾艘，隆隆的開進福正港口，大聲廣播著呼喚親人返鄉……而老人只能緊閉門窗，緊緊咬牙背對，兩手摀著耳朵，卻擋不住屋外那一聲聲的叫喊。

「他們一遍又一遍叫著我的名字，」他的聲音愈來愈低，幾乎聽不清楚了，「他們說媽媽年紀大了，不曉得還有多久好活，只想再看看我，

漁船靜靜停泊在東莒海灣

看一眼幾十年沒見的孩子，死了也甘心……」他哽咽了，我的眼眶也已溼潤，這是怎樣的折磨呀？一個人顛沛離亂的過了大半生後，到底還能忍受多少椎心的痛楚？

我還震懾在這突如其來的故事裡，他卻忽然站了起來！不發一語，頭也不回的走了。

「你……」我愕然察覺時已經不見他的蹤影，追到屋外，四周已是蒼然暮色，空空的道路上杳無人跡，只有一兩片枯葉。

我跌坐在門口的矮牆上，許久許久，直到天色完全暗了下來，對面的幾間房子並未亮燈，我也不知老人到底住在哪一間、該不該去找他、找到了又如何？

後來我就沉沉的睡著了，在夢中我下樓的時候，看見客廳裡坐著一個人……再後來我就分不清楚，是我在做夢之後知道了這個故事，還是聽說了這個故事才做了夢……

我四處打聽，終於有人告訴我，這故事是真的，但那老人後來整天整夜的喝酒，已經死了，很多年前。

PS.

囿於我在島上一直都是一個人住一間屋子，甚至一個人住一整個村子，知道的朋友都問我說：「你不怕鬼嗎？」我說長這麼大也沒有交過靈界的朋友，來這裡認識一下也好，不是還有人養小鬼幫自己發財嗎？說不定我可以找到好心肯幫忙我的人（鬼）。不過島上的廟也特別多，除了媽祖之外幾乎都是聽都沒聽過的神明，或許是因爲有祂們在，就算晚上我聽著外面寒風呼嘯，有些門栓吱吱作響，有些沒關好的門會忽然碰的一聲，甚至有像嬰兒在哭的貓叫聲……這種完全是恐怖片的場景，卻連什麼鬼怪也都沒有出現過，或許我真的是八字太硬了吧？還是我已經倒楣到誰都不想接近我了？好在我也沒有想接近什麼人，否則不會一個人跑到這個沒有什麼人煙的地方來。

*1. 此處之長樂是指中國福建省下轄縣級市。位於福建省東部沿海、閩江口南岸，東臨臺灣海峽，西與閩侯縣為鄰，南與福清市相接，北與馬尾區隔江相望。一九五三年八月，臺灣之中華民國政府曾於西莒島設長樂縣政府，直至一九六五年七月才撤銷長樂縣政府，將東莒及西莒收編為中華民國福建省連江縣莒光鄉。

船，以及船的其他種種

船載著我離開所愛，思念所愛，
幸而總會回來。

在東莒，海無所不在。

海是遼闊無邊的、未知的、不可預測的領域，而唯一能引領人們進入這個魔幻奇異的世界，仍能全身而退的，就只有船了。

船是海的探索者。當然探索是有限的，大多數時候，船只是躲在海的邊邊，港灣裡、淺灘上，怔怔的看著它其實並不了解的海，回憶上一次接觸的感覺：平順，波動，或者驚險刺激……

東莒四周環海，僅有兩平方公里多的小島，走到哪裡都可以看到海。而海通常是在景物之上的，例如你眼前是道路，之上是村莊的房舍，之上是岩石與樹叢，之上是海。

海之上就是天了。很多時候海與天的界線並不明朗，不很注意看就分不清，而在岩石與樹叢之上，偶爾有船。

那船看起來就像浮在天上。

在藍藍天上的船飄飄蕩蕩，始終不離開，想必漁夫是下了錨，帶著漁穫或空手回去陸上去了，留下孤單

船就像浮在天上一般

（或許也不孤單）的小船在這裡晃呀晃的，點點的白浪像細小的白雲，這樣就更像在天上了。

我常常在海邊這樣看著孤單的小船，看它被風浪推動，繞著錨的軸心打轉，堅持不離開，等待主人下一次的到臨。

大部分的船則在港灣裡，有長長的防波堤擋住張狂放肆的浪，他們擺盪的幅度就很輕微，好像只是大家聚在一起寒暄，微微的點頭，細細的低語……一時就噤了聲，原來是有一艘船的主人駕著更小的船來了，上船，出海。

從屋頂上（從我的住處望去，由上往下依序是天、海、石屋）畫出一道美麗的弧線，這船倏忽遠去，其他的船才好像又恢復了低聲交談，微微點頭，在安全的港灣裡靜靜憩息著，好為下一次的出海搏鬥做足準備。

但是港灣會退潮，一退退很遠，連遠方的小島都因退潮而露出了潮間帶，和本島結合了起

聚在防波堤內的船隻

來，何況這小小港口？海水退去，大部分的沙灘都裸露了出來，這些原本看似安逸的船，現在看來好像一群擱淺在沙灘上的大魚。

好在它們是不呼吸的，不勞人們費心搶救。只是這樣一動也不動的攤著（或癱著？），有不少船隻露出老舊的鐵鏽，更像是幾個除役的老兵，思鄉的心情隨風而逝……而港邊一樣老鏽的一臺裝甲車，竟然還把砲口指向這幾艘無辜的小船，好像還處在那個敵友分明的時代。

所有的小船彷彿不約而同抬起頭來，向港中體型最大的一艘漁船求救，這種時候找個「老大」做靠山是最應當的，殊不知這大船才是真的已廢棄了，正逐漸在變化成永遠的礁石。

被廢棄的船何止這一艘？漁人只要不出海打魚了，船就一點用處也沒有了，他們可不會好整以暇的駕船出去遛遛，看看燕鷗，巡巡小島，再對夕陽波光讚嘆一番。當生活已是日復一日的重擔，浪漫的情懷只會出現在不經世事的年輕遊客身上。

有些就把船留在港裡了，去了大島，或者更大的島，甚至到了大陸……船只有在夢裡才看得見。

不知那些被主人丟棄的船，會不會羨慕那些偶爾還有人來的船呢？還是無所謂？人自人，船自船，從被造出來的那一刻起，船就有了自己獨特的生命。

比起另外那些還是幸運的：另外一些船被丟棄在島上，一些不可思議的地方。走在小徑上，忽然在草叢中看見一艘廢棄的船，它的主人是如何費力把它帶到這人煙罕至之處的？難道也像流浪狗被丟棄的過程嗎？這人心中會有一絲不安嗎？這船的心裡又會有一些怨憤嗎？我其實不必自作多情的想太多，春草生長極快，沒多久它就會完全被湮沒，再也無人聞問。

還有些則被丟在漁寮附近，和一些破爛的魚網、陳舊的漁具相伴，有一點同病相憐的感覺。反正就這樣裸露著，任憑日晒雨淋風吹打，逐漸逐漸的腐朽，最後木化為灰，灰化為土，又回到大地的懷抱——它原先來的地方。

也有一些是「出師未捷身先死」的，看起來造好沒多久的船，連漆都還沒上呢，就給丟在火熱的柏油路上了，看來還真的有點可憐……背後是剛改建好的老屋，新的瓦，新的牆，新的窗，但已不再有新人入住了。

新船老屋，一樣沒用，留不住的終究留不住。

漁寮中的棄船

我曾幸運的搭著像這樣的船出海，終於能夠對它們的生涯略知一二，知道它們怎樣滑行出海，圍繞著景色俏麗的島嶼，閃避無所不在的暗礁，追逐神出鬼沒的魚群，逆風前行，撲浪而去；在其中如何迴轉如何側身，又如何在巨大的岩石中尋找縫隙，輕巧穿越；如何看海草在身旁漂流，各種貝類緊貼岩壁求生，而少有人跡的海域中，大多數魚兒其實是毫不設防的，分不清哪個是魚哪個是餌。

載我出海的船老大，似乎不費吹灰之力一下子就釣起一隻好大的鱸魚，「六斤。」我正要讚嘆好大，「這算是最小的。」勉強拿著魚讓我拍照，有點靦覥的笑著，這根本算不上戰利品，好在沒有別的漁夫在，就讓我這外行人大驚小怪一下吧！

看似粗獷、大而化之的漁夫也是會用心機的，各自有私家的漁場，悄悄駛近，回頭張望，沒有別人，就輕輕進入大顯身手；一旦有人靠近，立刻轉身離開，還真有點「偷」的意思呢！而有意或無意靠近的人也知曉：這是人家的地盤，總不能當著剛剛特意離開的對方，立刻前去探個究竟，只在心中默默記住位置，好歹下次也來試它一試。

在船上最大的好處是可以在遠處，在四周，看我所愛的東莒島。那是完全不同的角度，陌生又熟悉的，若即又若離的，船載著我離開所愛，思念所愛，幸而總會回來。

看船看得多了，原本容易激動的心已經平靜許多，有了乘船出海的經驗，覺得和船已經是「自家人」的熟稔，也不再那麼自作多情、穿鑿附會。

卻看到了幾艘門框裡的船！那時我正走向海邊已無人煙的小聚落，路的盡頭是進入村子的大門，水泥砌的，一個ㄇ字形加上底下的沙灘，剛好形成了一個長方形的畫框，海面上的幾艘船就這樣被框在裡面，形成了一幅絕美的風景畫，就連時光，也好像在其中凝止。

我對船的所有回憶，就全部都給收在這裡面了。

被框住的船、海，以及時光

PS.

旅行中多半不是行車、就是走路，搭船就顯得很特別了，而且多半會是去不一樣的地方，會讓我特別興奮。而且，我完全不會暈船。從綠島回來的船上，我還特別跑上二樓去坐商務艙，同伴們都互相告誡愈高搖得愈厲害，如臨大敵的擠在一樓中央。結果下船後還是整排在水溝邊吐得七暈八素，只有我沒事，還要強忍住心中的得意。其實我在大一暑假，生平第一次搭船去澎湖的時候就感受到了：一船的人不是東倒西歪，就是抓著塑膠袋狂吐，有的甚至趴到大垃圾桶上……只有我在船上跑上跑下，一下哼著〈卡布里島〉，一下低唱〈夏天裡過海洋〉，從此開始了我和大海的戀愛經驗。但從未想到有一天，自己會跑到一個完全被大海包圍的小島來。

東莒的風雲雨雷

大自然不愧是一流的藝術大師，
賜予人類風雨雷電這樣變化無常的動態，
千萬年來人們以「造物」稱之，
確實是有所本吧！

島上多風。

島嶼因為孤懸海上，四面沒有阻隔，風當然就可以自由來去，所以不管叫不叫做「風島」，凡島必定多風。

冬天就不用說了，風吹得讓人頭痛，讓人無法站立，也常讓人出不了戶外。在島上，多風的冬天是蟄伏的季節，沒有人來，該走的人也都走了，只有風一逕的在海面上、在山岩間、在荒野中呼嘯著，統治著島嶼。

難怪島上的石屋，窗子都這麼這麼的小，僅容一點點光，一點點空氣，絕不敢多放些風進來，吹毀原本就簡單的擺設。聽說小窗也有防盜的功能，因為男人們多半出海去了；不過男人對風應該也沒轍，此刻說不定正在海上跟狂暴的風浪拚死搏鬥呢！所防的這個「盜」，應該還是指風。

那如果想要風的時候又怎麼辦呢？春秋之際，習習微風還是迷人的，更別說燠熱的夏天了。以前在臺灣爬山，汗流浹背之餘，一咪咪、一絲絲的風都可

風在枯木和芒草間嬉戲

貴，盡情的讓皮膚接觸著、吸吮著、唯恐它稍縱即逝；而在島上豔陽高照的時候，當然會想念風、那在冬天時深痛惡絕的風。好在家家都有陽臺、有露臺，甚至廣闊的大屋頂，就到這些地方去盡情享受無所不在的風吧！

風一點兒也不吝惜，它不會因你的「使用」而減少、損耗，自顧自的來去著，留給人無窮的享受與想念。

我喜歡在島上所有的、那些被我命名的涼亭捕捉風，那是它們必經之路，而且我可以精準掌握、投入風的懷抱，而且眷念不捨，只要它們夠溫柔。

而它們多半是溫柔的，反正只要稍稍強烈些、給人一絲絲的不快，我可以立刻走人，把它們關在森嚴的木門之外。

雨就不一樣了，偶爾細細的飄還罷，只是玩弄著你的髮梢、眉間乃至鼻尖、讓人有一點點潤、又還不至於溼，那是一種清涼的感覺，充滿善意的觸撫。

四、五月時島上多半是這種雨，好像是調情，令人欣喜，樂意它來，也樂意它倏忽又走，甚至還高興雨水給一向湛藍的天色添點變化：所有的色彩都沉下來、黯下來，其實比較符合這些村落古老的歷史，四周有點荒蕪的感覺。

記得在雪霸山上也這樣，每天早晨開窗，一定是毫無瑕疵的藍天，綠葉或紅葉掩映其間，然後可以踩著亮麗陽光下自己的影子，追逐蝶舞或鳥鳴，直到午後一陣雨，每天都是前後差距不到兩、三小時的下下來，把萬物沖洗得更加明麗……然後就起雲了，在山巒間賣弄變幻無窮的姿勢。周而復始，好像在這裡建了一個獨立的氣候系統，令人安心。彷彿這獨立的小世界，連氣象預報也管不到似的。

本以為東莒也是這樣，沒想到六月來時，竟是日日夜夜的雨，一早就噴濺在木頭的窗檯上，一整天也沒有停歇的跡象，「今我來思，雨雪霏霏」[1*]，似乎已和我熟稔了的島，不必再刻意以好天氣來取悅我，而大方的露出它本來面目。其實四時循環，原本有晴有雨，是我自己太一廂情願了。

可我心裡也非沒有防備，早就穿上全套「森嚴」的雨衣，一點也不受影響的照樣出外漫步，看四處躲雨的鳥兒，看低垂忍耐的花草，看面有愁容的遊客，當然也看幾百年來，始終默默承受著雨水灑落的老屋。

只擔心不知是否有人家漏水了，那可是滴也滴不完的煩惱呀。「雨落在全世界的屋頂上」，這是陳黎的詩吧？記憶早已淡了，而雨還濃濃的下著，因為不是極強，所以知道會很久。而我絲毫不在乎天氣的態度，是否說明我已不是這裡的遊客、而是居民了呢？

不管你擁有什麼，只要是真正擁有，就會接受它的一切，good or bad, right or wrong，當然也應該包括，sunny or ain。

真正下雨就沒有雲看了，天是一逕的灰，一副要灰到地老天荒的樣子。但大多時候

有許多雲可看，因為在四周沒有阻隔的島上，除了風擋不住，視線也是擋不住的，你可以看到三百六十度的天空，以及天空唯一的主角——雲。

沒有雲的天空或許仍然是美的，但就像沒有岩石的山、沒有花開的草地，總令人有點悵然若失。而雲是勤奮的演員，不管是一疊疊在天空堆積，一捲捲在天上漂浮，或只是一大片暈染開來，甚至是一絲一縷……扮演著各種樣子，它們是一刻也不得閒的，只消一眨眼，樣子全變了。

曾經邀請百無聊賴的朋友看雲，「雲有什麼好看？」這樣的一頓搶白自然難免，但只要是曾經認真看雲的人，一定會驚詫於它的千變萬化：你好容易才想像它是一隻小狗，它已幻化成一條長龍；你正注意它從兩方快速聚集，一下子它已無影無蹤、還你一片無辜的藍天；你想這塊雲真像是渲染的水墨，它已瞬間抽成千絲萬縷往地面傾注，「喂，你們那邊要下雨了！」多少次想打電話預告對面島上的天候，可惜那兒我一人也不識，何況講了也沒用。

旅行中唯一無法預約的就是天氣了，雨要來就讓它來吧，來就好好欣賞雨景。很多地方有人到過千遍百遍，卻未必見過它雨中的容顏，這不也是一種因緣？

這個月就在東莒觀雨吧，而觀雨的好處是，可以哪裡也不去，光在屋裡看，不看時用聽的，偶爾開窗讓雨絲在臉上輕輕沾溼，一種心甘情願的輕薄。

相對於這麼平淡的看待，雷電可就不一樣了！

也只那麼一次吧，散步到海邊的高地，忽然看見海上一道，不，兩道閃光，強烈得如同聚光燈般，難道有大戲要上演了嗎？接著傳來轟隆隆、有如撕裂天空的聲音，我知道，遠方雷電正激烈。

從前遇到雷電多半在山上，躲避唯恐不及，哪有閒情逸致觀賞？如今「站關山看馬相踢」，很確定雷電在很遠方發生，一點也影響不到這小小的島。誰叫我這小小的島上擁有那麼大的夜空呢？附近散步的人不約而同的止步了。

精彩的是雷電不只一筆，而是在眼前兩點鐘和十點鐘方向各有一道，這邊啪啦一聲，張牙舞爪的射出交錯的電光；那邊也劈啪作響，毫不示弱的畫出縱橫天際的線條；然後再各自放出沉悶又震耳的巨響，好像在為雙方的軍伍擂鼓助陣……此起彼落，誰也不甘示弱，好像誰放的光芒不夠亮、發的電光不夠大、鳴的雷聲不夠響（而且還要餘韻不絕的迴聲），就輸了這個陣頭似的。有時乾脆同時出手，先是暗夜的天空亮如白晝，接著在鬈曲伏臥的雲層前，左右兩道閃電就像兩隻張牙舞爪的蟠龍，各自發出耀眼的光芒、蜷曲的身形、變幻的姿態，好像在對峙叫囂、決一勝負——但這也只是電光石火之間，剛剛深映眼簾，卻旋即歸於一片無垠的漆黑，只剩下不甘雌伏的吼叫聲，還從遠處源源不絕的傳來……

這實在太像從前漫畫中，仙人放電光對戰的景象了；也很像卡通裡，兩隻捉對廝殺的巨龍。一群人看得目不轉睛，第一回、二回、三回……勝負未分，忽然偃旗息鼓，靜悄悄，黑漆漆，好像什麼也沒發生過，只剩下左右兩個「事發地點」的西莒島和南竿島，仍然悄無聲息的隱約浮在海上，不知那裡的人們，是否也目睹了剛才天空中的一場惡鬥？

還是要像我們這樣離得夠遠，所以看得夠清晰呢？

大自然不愧是一流的藝術大師，除了為我們創造山川萬物這樣美不勝收的靜景，還不時賜予人類風雨雷電這樣變化無常的動態，千萬年來人們以「造物」稱之，確實是有所本吧！至少我是全面臣服了，充滿敬畏與感激。

更慶幸我有緣到這很遠很遠、很小很小、很靜很靜的東莒來，享有這裡美好的、無可取代的一切，包括風，雲，雨，雷……

還有什麼呢？天知道，嗯，天一定知道。

*1. 語出《詩經・小雅・採薇》：「昔我往矣，楊柳依依。今我來思，雨雪霏霏。」此詩描寫從軍將士的艱苦生活與思鄉情懷。

就是那些光

我喜歡看朝陽一點一點把景物染上淡黃、暈黃，最後是強烈的金黃，好像再陳舊的房子、再古老的岩石都被賦予了新生命，活絡起來、溫暖起來，只差沒有燃燒起來……

一個曾經在馬祖服役的朋友，聽我說到東莒，問的第一個問題竟然是：「那裡有電嗎？」

應該也有很多人這樣問，那麼小、那麼遠的孤島，沒有水沒有電都是應該的，沒有電視和網路似乎也理所當然——偏偏它什麼都有，而且既充裕又方便。

甚至超過實際的需要。天一黑，所有的路燈都亮了，從主要的大坪村到我以前住的福正村，一路亮黃的路燈排過去，對照著幾乎沒有人跡的大路，更顯出一種燈火通明的寂寥。

路燈下往往，不，幾乎一直都只有我一個人長長的影子。島民都會在晚飯後的黃昏出來散步，閒話家常，但天一黑，大家就好像都講好了似的縮進屋裡，一個也見不到。這時候還在路上走的，就只有我這個好奇、多事的外來者。

這是島上的第一種光，有時在夜半睡前，我還會到小屋的陽臺上，看看四周亮晃晃的景物。還是沒有人，甚至連一點人聲也沒有，偶爾一閃而過的，是隻貓。

另一種光則是不一樣顏色的，比起路燈偏向溫暖的黃，它比較像冷冽的藍，但因整支光束是霧霧的，倒也不覺得淒涼。尤其它一定在你頭頂上，一定是整個晚上都一秒也不差的，緩緩的移動過去，像一只碩大無比的時鐘上，緩緩移動著巨大的時針、分針和秒針吧。一長兩短，一長兩短……原來是東莒燈塔的光束。

每一座燈塔發出的光頻都是不一樣的，讓黑夜中航行的水手可以毫不費力的接受指引，找到安心入港的方向。原來這緩緩移動在天空中的光束，遠遠看來是一長兩短的閃光——可惜我從沒有機會由海上看見它們，但它們在我頭上這樣固定沉穩的移動著，不知怎的，就給人一種安心感，知道它一定會出現，像孩子們知道父親天黑了就會回家。

有時卻得避開這兩種光，躲到完全沒有路燈、燈塔也被擋住的島嶼「背面」去，那是為了另一種燦爛晶瑩的光——滿天星光。

我在國家公園學的星象幾乎都派不上用場，因為這裡的天幕太黑，星光太繽紛，常常連用來基本組合星座的一、二等星都找不到，大家都那麼亮，好像一大群小學生喧嚷著「選我、選我」似的。好不容易才能找出「哦，北斗」、「哦，室女」、「哦，大角」，七拼八湊出來春季大三角、大迴旋，那又怎樣？不如躺下來靜靜看著滿天星星，以你明知道卻看不出來的速度移動著，偶爾給你一個小小的驚喜——「啊流星！」

總是來不及許願，總是一句「啊」字。據說天上每有一顆星星殞落，就代表世上有一個人過世……這樣想不免有點悲傷，但一定也有更多更多的新星誕生吧！

天漸漸亮了、星星漸漸稀了，上場的就是永遠的主角——太陽了。這個島小到你可以在同一個地點看日出、也看日落，小真是也有小的好處呢！

我不喜歡直視東升的旭日，那太挑釁也太刺目，如果要面對太陽，除了像自古以來的人們匍伏在它腳下，似乎也沒有別的選擇。我喜歡背向朝陽，看它一點一點把對面的景物染上一股淡黃、暈黃，最後是強烈的金黃，好像再陳舊的房子、再古老的岩石都被賦予了新的生命，整個的活絡起來、溫暖起來，就只差沒有燃燒起來了……

這時候它開始刺傷你的背，宣告它君臨天下的一日到臨。

小島上大多沒有遮蔭，只要躲在沒有日晒的屋簷下、涼亭中，甚至屋子裡，感覺都是涼快舒爽的，但若是斗膽讓自己的影子出現腳下，那陽光必定毫不留情的，或者說熱情十足的給你充分的紫外線洗禮。

即使很多時候，天陰陰的，雲層很厚，肌膚並沒有感覺陽光的刺激，但不露痕跡的敵人更凶險！回到屋裡

東莒的初曉（遠眺福正）

時看看自己的腿吧，短褲的長度劃出大腿的黑白兩界，腳背上明顯繪出涼鞋的帶子，而若取下手錶，一定可以看見陽光留下的一條白色手鍊……完全暴露在外的臉孔更不用說了。四月，才只是是四月哦！我第一次從東莒回來，朋友說得傳神：「哇！你黑得快要消失了。」

我就這樣一而再、再而三的到東莒去變黑、再回到臺灣白回來、然後再去東莒變黑……義無反顧，無怨無悔，誰叫我堅持一步一腳印的、一遍又一遍的走這個島呢？只因為我想看到每一朵花開、每一隻蝶舞、每一株小草的迎風擺動、每一吋土地的細微變化……哦，還有，最慘的是，每一朵雲與風的追逐，那永遠是在陽光的君臨下發生。

可也因為陽光，才能給予最清晰、豔麗的景色，圍繞著整個島的是海，無邊境的海；是天，無止境的天。但天的色彩是由陽光決定的，光夠強，天就夠藍；而天夠藍，海也才夠藍——據說海水自己是沒有顏色的，教科書上不都說水是無色的嗎？所以海水的顏色只是反映天空的心情，

豔陽下的觀海崗哨

而天空的心情則由無所不在的陽光決定。

因此陽光亮麗的時候，也就是俗稱的「底片謀殺日」了，現在不用底片了，但鋰電池與記憶卡勢必大量消耗，快門按到手痠，一樣角度的景色一遍又一遍的拍，只因為每次看到都覺得好美、都像是第一次看到……夜裡審視白天拍的照片，有時我會啞然失笑，幹嘛一直拍這裡呀？都拍過無數次了，根本都一模一樣……過幾天太陽一亮，路過時忍不住又拍了一張，還是一模一樣。

不知道這可不可以用來解釋，我不斷不斷跑來東莒的原因。

一直到傍晚，這個光才漸漸弱下來，不再驕傲的占領天空，而是把自己灑入每一片水波裡，這時候可以在海上看到細細的、小小的、成千上萬乃至上億個小太陽，在每一片像魚鱗般閃動的波光中，再貼上一兩個島嶼、三四艘漁船的黑色剪影……讓人目眩神馳的，一天臨別前最光輝的演出。

之後就是那顆緩緩下降，愈來愈紅的落日了。不論是色彩斑斕的晚霞，或是鑲上金邊的雲層，這時都只是背後襯托的舞群，完全擋不住巨星的風彩，完成它最動人、最不捨

陽光無所不在，海面上亦然

的謝幕……雖然這一切，明日又將一一重現。

天色暗下來的時候，我並不懷念這精彩了一整天的陽光。因為前面說過的，夜間演出的三種光又將一一登場，而且任我選擇，觀賞，把玩……直到倦意襲來，讓我跌入深深的夜夢。

親愛的五位小天使

瓦幸在山林裡帶給我許多歡笑和靈感，
而你們每個人都是我的「瓦幸」。
我常常想起在一起的日子，
每一幕都記得清清楚楚，感覺我一生中，
好像從來沒有過那麼多歡笑。

親愛的五位小天使：

這封信是寫給你們五個人的，希望你們可以一起看，至少每個人都要看到。

至於要不要回信、是每個人分別回、還是派一個代表回，那就由你們決定囉！你們也知道，我絕不會勉強你們的，因為我不是你們的爸媽、也不是老師，只是你們的大師兄而已。

雖然你們在島上，都是口口聲聲叫我「大師兄」，但也許有人心裡會想：拜託哦，這個老得可以當我們阿公的人，怎麼好意思要我們叫他大師兄呀？

其實，這正是我的「陽謀」。還記得我們第一次見面、也就是我參加你們的戶外教學那次嗎？我一見面就說我是跟著你們來上課的，所以是你們的大師兄。

你們果然就這樣稱呼我，免除了我被叫成「王爺爺」或「苦阿公」的危險，真是太感謝了。有這麼年輕活潑的小師妹，讓我感覺自己也變得有活力多了，所以才會在課程結束之後，和你們「沒大沒小」的互相丟擲野麥穗，沾滿了彼此的衣服，也帶回來許多歡笑。

不知道你們相不相信緣分？像我和你們，原本距離是那麼遙遠，應該是沒有任何機會認識的吧？但我卻大老遠跑到這個離臺灣最遠的小島上來，而且意外認識了你們的老師，更意外認識了你們五個，今年東莒國小的畢業生。

後來我就送了你們我寫的《苦苓與瓦幸的魔法森林》，很高興你們都看完了（應該是吧？），我們也開了一場小小的座談會，你們的問題除了「碰到黑熊要怎麼把自己變大？」之外，大家最有興趣的就是「真有泰雅小女孩瓦幸這個人嗎？」

我告訴了你們真的有瓦幸這個女孩，她在山林裡帶給了我許多歡笑和靈感。但我沒告訴你們的是，我覺得你們每個人都是我的「瓦幸」。

在島上，只要每次看見你們，不管是故意躲躲藏藏或是被我嚇一大跳，不管是在海邊寫生或在茶館「真心話大冒險」，你們歡樂純真的笑臉，總讓我覺得：自己雖然是一個人來住在這個小島上，但我一點也不孤單。

為了「報答」你們，我決定帶你們到我服務的雪霸國家公園去玩，做為你們畢業旅行的部分行程，也好讓你們親身體會我書中的情境。連國家公園的處長都表示歡迎、專案要接待五位小貴賓。

沒想到天不從人願，颱風帶來的豪雨使得道路中斷了。雖然六月下旬我們一起到了南竿機場，卻無法帶你們去期待已久的雪霸，而那一次相見到現在，也快要兩個月了，我常常想起在一起的日子：走步道、窮聊天、製作陶板、看你們在畢業典禮的表演，還有就是你們和我的遊客朋友打躲避球、輸的請喝飲料……每一幕都記得清清楚楚，感覺我的一生之中，好像從來沒有過那麼多歡笑。

在畢業典禮上你們表演「女人香」的節目，扮起大人的樣子，還做出一些「性感」的姿態——當然不太像，畢竟你們才十二歲呀！但我卻彷彿看到了你們長大後的樣子。是的，有一天你們五個人都會長大，各自會變成什麼樣子呢？還會不會記得我這個短暫的過客呢？

真糟糕，我的信寫得太長了，一定有人看得很不耐煩吧？如果看累了就休息一下再看好了，可別罵大師兄太囉嗦哦！

相信你們現在都很興奮的期待著國中生活，也有一點遺憾不再能每天混在一起。不過我相信不管將來你們到了世界上的任何地方，一定都會記得也關心彼此，因為你們都來

自一個美麗的小島——東莒。

對了，說明一下，我之所以用毛筆在稿紙上寫信給你們，是因為我平常寫作時，思考太快了，手常常會趕不上，字跡非常潦草。還記得我寫的「雪霸遊須知」嗎？一定有人一個字也看不懂、有人偷罵我字太醜吧？

這是我的疏忽，在此跟你們道歉，鞠躬。

所以這次我刻意用毛筆和稿紙，強迫自己一筆一劃慢慢寫、寫清楚。寫得慢也有好處：我現在一邊寫信，腦中就浮起你們一個個的笑臉，那真是比春天來臨時，島上盛開的花朵都還美麗呢！

今年九月中旬，我會第四次到島上去，是計畫中的最後一次。不知道九月二十二、二十三那個週日，有沒有機會碰到還住在島上的三位？以及另兩位會不會回來島上呢？

如果我的願望能夠成真，那就是老天爺給我的最好禮物了。

我好像還有好多好多話想告訴你們，也很想再看看你們的樣子，聽你們七嘴八舌的述說國中生活的點點滴滴。

說不定大家又有了新願望，等著去努力實現……

無論如何，我一定會走到往懷古亭的濱海小路上，去看看你們和老師用我的手型做的陶板，像許多遊客一樣把雙手按在上面，對著大海、閉上眼睛，默默的許下我的願望。

我的願望就是：不管我們還會不會相見，不管將來你們到了哪裡、變成了什麼樣的人，都要記得在東莒國小畢業的那一年，你們是多麼的快樂，而且永遠不要忘記、也不要失去這種快樂的能力哦！

我會一直、一直祝福你們的。

Love
101
Apple
Smile

PS.

可能我跟大多數人一樣，對於外島、離島尤其是小島都有很多偏見，總覺得資源會非常匱乏，大多數人過著刻苦而無奈的生活。到了這裡才耳目一新：東莒國小不但有禮堂，還有可以在室內打籃球的體育館，有電腦教室，也有陶藝教室（還包括一個電窯），每個人都發一輛腳踏車……他們的課程更是多采多姿，有時去走古道，有時去野外採集標本，有時去海邊寫生，絕對不是永遠坐在教室裡低頭看書或寫作業，有時天氣太好，老師一聲令下，全班同學（最多也不超過五個）就把課本和文具一丟，直接到海灘去玩水堆沙，一直到天黑了直接走路回家，這裡從來沒有家長接送這回事。然而這些孩子雖然活潑卻又很有禮貌，因為島上每一個大人都認識你，有需要的時候都會管教你，有時看她們在路上嘻嘻哈哈，忽然放慢腳步壓低聲音，原來是有長輩走過來了，事後我會笑她們像老鼠看到貓，她們說國文老師有教識時務者為俊傑，然後又接著嘻嘻哈哈，把歡樂散播在島上的每一個角落……

你的浪漫，我的苦難

我們生在這個小島上，被海圍起來，
不好出去，也不好進來，
那時候好窮啦！

在福正的白馬尊王寺旁，一名白髮老嫗和一名年輕女孩，並肩坐在一條板凳上。她們背對著我，頭靠得很近，看來是在交談中的祖孫吧？可能是小孩放假回來看阿嬤。但那女孩紮頭巾、揹著背包，手上拿著大大的相機，是一副遊客的模樣。這兩人怎麼認識的、又在談些什麼呢？好奇心使我趨前了幾步，在盡量不打擾的範圍內，張大了耳朵，想在潮水的漲退聲中，偷偷聽出她們在說些什麼。

雖然有點心虛，我還是吃力的依稀聽到老婆婆說：「這都是妳拍的照片啊？」

「嗯，這個是芒花。芒花開很美哦！整座山都是。」

「那是妳小女生看的，我看了就很苦，想要哭啊。」

「為什麼？」

「因為這個芒草啊，從我很小很小，就要每天去砍它回來。要砍很多哦！砍得手都割到了，一條一條的，還會流血。」

「砍它幹什麼？」

「砍回來用啊。芒草用處很多：那時候的屋頂都是用芒草蓋的，用瓦？哪裡有錢買瓦？那時候好窮哪！屋頂用芒草蓋，煮飯也是燒芒草，一天三餐都要燒，洗澡也要燒。芒草只有那一點點怎麼燒？所以啦，每天要砍很多很多哦！

「怎麼不去砍樹枝？早先這裡光光的，都是石頭，哪裡有樹？後來阿兵哥來種樹了，木麻黃、相思樹都有，不給人砍啊，砍了就來追，還嗶嗶的吹哨子，還是只能砍芒草。

「還用芒草取水。怎麼取？那時候沒有自來水，山泉水也不多，從石頭縫一點一點露出來，就要用芒草葉子在那裡接……對了，代替水管用，要接很久，有時候水少，要接好幾個小時，接接就睡著了，又要被媽媽打。

「不接水就要去挑水，這張照片是……叫什麼？魚路古道？哦，我們都叫『下底路』。風景很美哦？那是妳小女生看的，我看就很苦，想要哭啊！

「我沒有挑魚，魚很重啊！是我爸爸挑，挑到肩膀都黑黑青青，一塊一塊的。我媽媽也挑，她挑沙，從海邊一直挑過來。挑沙做什麼？要種菜啊，我們大埔沒有沙，就要從福正那邊沙灘挑過來，才能種番薯、豌豆、南瓜還有冬瓜……

「我要挑水，水也很重啊，扁擔都從中間壓到彎彎的，全家用的水都我一個人挑，揹著弟弟妹妹也要去挑，挑不夠了又要給媽媽打。

「爸爸不會打我，爸爸打媽媽，喝酒多了就會打。

「這一張照片是老房子，石頭蓋的，妳說這石頭大大小小、亂亂的很美？那是妳小女生看的，我看就

用不同大小石頭砌成的石牆

很苦，想要哭啊！

「為什麼不用一塊一塊方方的石頭？那種切好的石頭很貴，哪裡有錢買？那時候好窮啦！只能去撿石頭，撿到大大小小不一樣的，湊來湊去，蓋一棟房子要好多年。有的牆靠著山壁，就直接用山壁作牆，凹凸不平，常常會撞到，岩壁有時候還會有水滲出來。

「屋瓦也是啊！後來有錢買瓦了，但是沒有錢買泥灰來黏住，怕瓦被風吹走，就用石頭壓住。現在那個新蓋的房子，瓦上面也有石頭，那是水泥黏上去的，是為了好看而已，我們以前是不得已。

「這個屋頂上為什麼有大椅子？那不是椅子，那是床。夏天很熱啊，房子窗戶又小，冬天怕風，夏天就沒有風了，熱到受不了，大人小孩都跑到屋頂上來睡，沒有床搬出來的、睡地上也可以。有沒有蚊子？有啊，很多啊！咬久了就習慣了，不熱才能睡，不睡怎麼有力氣工作？

危危欲倒的石屋

滿布風霜的木窗

「不只挑水砍柴，女生還要做家事。煮番薯籤……不是番薯葉，就是番薯晒乾、切成一塊一塊的，當然不好吃！哪裡有白米吃？那時候好窮啦！有時候去阿兵哥那裡，會給我們吃剩下的饅頭，那個好好吃哦！到現在都記得。

「吃番薯籤配什麼？配魚乾啊！釣到好的魚，爸爸就挑到大坪去賣，只有那些雜魚小魚沒人要的，就晒成魚乾自己吃，還有做魚露……對啊，都很臭啊，每天都臭，沒辦法，沒有別的東西吃嘛！

「這一張是什麼？海哦，船哦，這有什麼好拍照的？很美？那是妳小女生看的，我看就很苦，想要哭啊！

「我們很可憐哪，生在這個小島上，被海圍起來，不好出去，也不好進來，以前小孩去對面西莒讀國中，要半個小時，去南竿就要兩個多小時，坐什麼船？坐漁船。那裡有妳那麼好？可以坐『馬祖之光』，船上還有電視看。

「那時候我們這裡沒有醫生，看病都要去南竿，連牙痛都要去南竿，坐船去、坐船回來，好久好久……怎麼不暈船？暈到一直吐，吐還要小心吐，如果把衣服弄髒了，媽媽還會打。現在常常有醫生來，但是老人家毛病多，還是要去南竿看。再不行就去臺灣。

「有船還好咧！冬天風大浪大，常常船不開，吃的東西進不來，生病也沒辦法出去看……有，有直升機，我坐過一次，嚇死了，乾脆死掉也不要坐直昇機。

「這一張是漁船，在哪裡拍照的？福澳哦？我爸爸以前開這個船，出去釣魚捕魚啊，很辛苦，指甲都裂開，後來也沒有魚，都被大陸漁船抓光啦！他不打魚就天天喝酒，喝酒醉就打媽媽，媽媽心情不好就打我。

「我也不高興啊！我就打弟弟妹妹，不敢給大人看到，就在背他們的時候偷偷捏一下大腿，就大聲哭啦，我再用力搖，說『不哭不哭』。

「現在不一樣了，大家生活都好囉！爸爸媽媽來不及看到好日子，弟弟妹妹都搬去臺灣了，我兒子女兒也出去了，孫子今年讀高中也要去南竿了，都是船把他們載走的，我在想這個船啊，會載人走、為什麼不會載人回來？

「只剩下我一個老人在這裡，有，他們都要我去南竿、去臺灣，我們在那邊都有房

大坪村街道

子。我住不慣，人好多，好吵呀！不習慣，我還是住在這裡，等他們回來，會回來，過年過節，有時候會回來看我。

「平常我就餵餵雞、種種菜。這一張是拍我？什麼時候？我怎麼不知道？老人家彎腰種菜醜死了有什麼好拍照？又說很美哦？我以前是美，那很久很久了，現在老了。

「妳以後也會老，現在還年輕，到處玩很好，來這裡做什麼？東莒這麼遠、這麼小、什麼都沒有……妳喜歡啊？喜歡就好，來幾天？什麼時候走？還會不會再來……」

老婆婆的聲音像棉絮般被風吹散了，年輕女孩頻頻用力的點頭，怎麼看都像是一對互相依偎的祖孫。

今天的海風真的是太大了，吹得我眼裡都是沙子，伸手一揉，淚水就流下來了。

PS.

我並不想寫一本旅遊書，因為我不是來東莒遊玩、而是來長住的，我希望成為居民（即使是臨時的）而不是遊客，所以我不會只看到景點、美食、可以拍攝的人物……我不是來「獵奇」之後回去分享（或者炫耀）的。我試著用這裡的方式生活，用這裡人的方式思考，於是就不只有「風景」更有「人文」，不僅有地理更有歷史，不只有描繪更有故事。如果你在一個地方住得夠久、跑得夠多、跟人夠熟，你就會聽到一個個傳說，在周圍的環境中串起來成為故事。我要講述的不是這個島有多美、多好拍、多值得來（雖然確實是如此），而是這個島上有多少悲歡離合、喜怒哀樂、物換星移……那是蜻蜓點水的遊客永遠無法體會的。當然不能奢求每個人都來 long stay，但我儘可能把這些情感寫在書裡了，到時候拿著這本書按圖索驥的遊人，或許能夠因而更加共情、更能深入……那就是寫作者最大的安慰。

生活中的不可或缺

我就是想要一個人住，絕對的孤獨，極端的安靜，但也完全的自由。

大埔的窗景

四、五月借住在東莒福正村的房子，六月再去的時候，雖然屋主還是很樂意讓我借住，我卻想方設法的搬到大埔村去了，這個村子的原本居民數為，零。

這下子由「一個人，住一間房子」，變成「一個人，住一個村子」了，前文見報後，有些遊客慕名而來，到福正四十三號看我住的地方，「這……這不會太孤單嗎？」

後來聽當地導遊說我已搬到大埔村，於是又聞風而至，問題換成了：「這……這裡也能住人嗎？」、「這裡……有水電嗎？」

就是有水電啊，只要有水有電的地方就能住人，至少我是這麼想的。當然最好能有「三水二電」，「三水」就是自來水、抽水馬桶、煮水器，這樣就夠了。

可能有人會問：「等一下！那洗澡水呢？」說的也是，但六月房子新整修好時來不及裝熱水器，島上某男人跟我說：「男子漢，洗冷水怕什麼？」——我果然中計，但真的也沒什麼好怕，就像去泡冷泉，第一下很難，整個沖下去之後，竟一點也不覺冷了，洗完還真有點溫暖的感覺。

倒是喚起了遙遠的記憶。大學時租房子，為了貪便宜，竟斗膽跟房東說：「沒有熱水洗澡沒關係。」就這樣咬著牙洗了一個冬天冷水，也還能「倖存」。

再說了，有很多地方，都是沒有熱水可以洗澡的，人不都一樣「活」下來了嗎？

六月底離開前有人搬來一個大熱水器，大約一個冰箱那麼大，告訴我放心，九月再來一定有熱水洗。

七、八月暑假上山到雪霸國家公園值勤，九月再回大埔村的時候，那個大型熱水器還原封不動的放著，連拆封都沒拆，島上男人跟我說：「這個熱水器的用法，就是你一直看著它……看到全身發熱，就可以去洗澡了。」

原來是因為整修房子時沒有預留二二〇伏特的電源，所以熱水器無用武之地，所以我繼續洗冷水。氣溫低了，風也變大，人的身體真的很有適應力。

至於電則只要「二電」就夠了，那就是電燈和電源。電燈照明，電源煮水和電池充電用，其他？不用了。

沒有電視，因為不覺得電視裡有我非知道不可的事。地球有沒有我照常運轉，世界不需要知道我，我又何嘗需要知道世界？大多數時候我們打開電視，只為了確保自己不和世界脫節，事實上世界從來沒有理會過我們……

不知你曾否注意，任何一個場所，餐廳也好旅館大廳也好家裡客廳也好甚至人來人往的百貨公司也好，只要有一臺電視開著，尤其是新聞臺，所有人的目光就不由自主的被吸引住，沒法再關心身邊的人事物。但「偉大」的電視新聞告訴我們什麼了呢？誰又撞車、誰又燒炭、誰又和誰傳出緋聞……真的非知道這些不可嗎？

不看電視，真的可以清心，習慣了這種「世界不來吵我」的日子，有一次到島上的餐廳吃飯，就跟顧客們一起「努力」看了半個多小時的電視新聞——真的，真的什麼都沒得到，而且還真不習慣，趕快換個僻靜點的角落。

若有似無的播報聲不斷傳來，大家一邊咀嚼飯菜一邊注視著閃動的螢光幕，或許都不知道自己到底吃了些什麼吧？

也沒有電腦。因為我也不覺得需要上網吸收什麼不知是否正確的知識、知道什麼不知是否真實的消息、連結什麼不知是否存在的人物……最重要的是，我不想跟看電視一樣，不知不覺被「打發」掉那麼多時間。要這麼多時間幹嘛呢？既沒有工作，又處在這只有二・六四平方公里的島上，漫漫日夜，要做什麼？

很簡單，就是最基本的食、衣、住、行、育、樂。

吃的很簡單，早上咖啡加麵包，萬一「來來西點」的賓哥去釣魚了沒做麵包，我就改吃餅乾。中午不吃——別太驚訝！看一下這個數據：世界上有六十六%以上的人，一天是吃不到三餐的。我既無工作，又不勞力，像這種已經沒有「生產能力」的人，幹嘛多浪費食物？不知道地球已經糧食危機了嗎？

中午吃水果，主要是芭樂，因為不容易壞（對了，我也沒有冰箱），加一點餅乾，如果嘴饞就吃一杯泡麵。泡麵只有熱量沒有營養，是最不健康的食物，但可以解饞。出外「行走」的時候就帶一個小糕餅，下午餓時，就著當時所到的美景，配著白開水吃，是最好的「下午茶」。

晚上再到人家或餐廳，好好吃一頓，細細咀嚼每一口食物，原則上是嚼三十下，大部分食物在嚼三十下後都已化為液態，適於吞嚥、吸收，既顧到腸胃，也細品了美味。可能是在山上養成的習慣，爬山時中午通常只帶一個飯糰或粽子，每一口都知道食物快沒有了，每一口都依依不捨……因而，每一口都覺得非常美味。

朋友說我「好喙斗」，其實是因為我只要有得吃，就覺得滿足和感激。

穿衣服更簡單，內衣褲若干，長衫褲兩套，防風外套一，不知道還能缺什麼？有人覺得該穿體面些好看，有人覺得該穿名牌彰顯身分，孰不知王爾德有言：「我不認識很多人，倒認識很多衣服。」我可不想在別人眼裡，只是一套又一套的衣服。再說了，一整個島上都待我如家人，在家人面前最大的特權，不就是可以穿得輕鬆、穿得隨便？

住更沒問題，有地方遮風避雨足矣，何況除了床鋪，我還有書桌椅、休閒躺椅，想不出還需要什麼設備能更舒服。夜裡躺在涼風徐徐

長衫褲兩套洗晒換穿足矣

的椅子上，聽蟲聲唧唧，聽浪濤拍岸，聽遠遠阿兵哥喊口號的聲音……早已不知今夕何夕。

「行」則說過了，一律走路，從頭到尾的走路，因為「沒有速度，才有真實」。如果是開汽車機車呼嘯而過，眼裡只有前路，心中只有目標，哪會注意到路邊的花花草草？哪會看到雲怎麼飄、浪怎麼跳？又哪會邂逅草叢中的那隻花貓、枝椏間跳躍的幾隻小鳥？當然，也得幸運的身在東莒這個「到處都走得到」的地方，才能讓我「什麼都看得到」，現在大家應該可以理解，為什麼我非要住到這麼小的一個島上。

育樂是合一的，既然不看電視不上網，當然也不會整天低頭幫人家、或等人家幫自己按「讚」，請原諒我的偏見——只在 Facebook 上出現的應該只是你的「網路朋友」，不能促膝談心、還需禮尚往來（互相讚來讚去）的，應該不是你真正的朋友，或真心想要的朋友吧？

真正生活中的不可或缺，於我而言就是書本與音樂。

已經大幅縮減了物質需求與身體滿足，在心靈上我可是一天沒辦法少了這兩樣，所以我來島上的行李中，沒有零食，多的是書；一天裡除了聽音樂的時間，就只剩下完全安靜的時間。也不知道為什麼，只要有書可讀，有音樂可聽，我即使在這偏遠的小島、無人的村子，卻一點也不覺得與世隔絕。

既然到了不一樣的地方，就應該要過不一樣的生活。

我曾聽到遊客說：「只要有電視，要我去哪裡都行。」也看過遊客面對絕美風景，卻因為無法「打卡」而氣惱萬分。為什麼許多人都害怕暫時過一下不同的日子呢？排斥特別，是否因為早已太過世俗？害怕離開人群，是否因為已沒有能力和自己相處？

我就是想要一個人住，住一整個無人的村子。絕對的孤獨，極端的安靜，但也完全的自由。只要是不只一個人，就無法絕對的自由。因為人與人相處，總要互相妥協、忍讓、為對方著想，即使是極親密的伴侶，也不可能一個人「想幹嘛就幹嘛」吧……蟄居島上幾個月，我終於理解了那些非要一個人扛著背包、騎著單車，走遍世界的旅者之心了。

孤獨，卻不寂寞；安靜，並非無聊；只有勇敢（真的需要勇敢！不然你一個人住一個沒有人的村子看看）的追求、獲得並且享受自由，才能夠真正的「自在」。

在島上，服從自己的身體，想吃就吃，想睡就睡；順應自己的直覺，該走就走，該停就停；恢復自己的本能，能靜就靜，能動就動……脫離了一再 replay 的日常生活，沉浸在「非日常」的喜悅與期待中，這正是旅行的目的、渡假的真諦，也是生命中的另一場洗禮。

過了幾個月這麼簡單的海島生活，我才深深體會「簡單，其實不簡單」。簡單是一種自信，是一種自足。到底什麼是生活中的不可或缺呢？別再加了！減減看，減掉 A，可以；減掉 B，也可以；再減掉 C……能減掉愈多，負擔就愈輕，需求就愈低，煩惱就愈少。

像我在東莒，現在就只剩下唯一的煩惱：再過幾天就要離開了，怎麼辦？我可以把在這裡採集釀造、貯存的快樂，像一壺美酒般的，帶回臺灣、帶回滾滾紅塵去品嘗嗎？有沒有這個可能——即使在臺灣，也可以活得很東莒？

PS.

我從雪霸國家公園「出山」之後，許多人覺得很驚訝，當然可以理解我是因為「走投無路」、避居山中，但是竟然一待八年之久，「不會無聊嗎？」或許大家看我在廣播電視嘻嘻哈哈、口若懸河，就以為我是個善交際、愛熱鬧的人——其實剛好相反，我內向、孤僻、怕人多更怕吵嘈。也有人以為我成名很早、收入頗豐，就以為我重視物質、貪求享受——這也相反，我從不追求品牌，吃穿用度都很隨意。「簡樸」這兩個字好像跟我無關，但事實如此，山上八年是「被動」證明了這點，東莒四個月是我「主動」來驗證：到底我可以把生活過到多簡單、多隨意，當然你也可以說：多任性。「斷捨離」這個顯學對我從來不是問題，因為我從不讓自己擁有的比需要的多，也從沒有不能滿足的欲望讓自己煩惱。對了，我的荒野名叫做「風」。

從前有一個漁村

花三個小時，踩著先人的腳印，
從兩、三百年前的舟帆雲集、人聲鼎沸，
夜間燈火如畫、熙嚷喧鬧，
慢慢走到今天……

很容易看到大埔，也很難看到大埔。

從大坪村走大埔路，不到十五分鐘就可以到達大埔村，幾棟古舊的石屋一覽無餘，真的很容易看到。

但這樣你其實沒看到大埔，你沒看到昔日舟帆雲集、人聲鼎沸，夜間燈火如畫、熙攘喧鬧的景象。

你可能得站在高處，閉上眼睛，想像這個繁華尚未落盡的漁港，因為得天獨厚有半邊山遮住東北風，因為那時漁場尚未枯竭，黃魚、帶魚、鯧魚唾手可得，這裡曾經有五十戶人家、聚集過近千人口，不但有客店、餐館、商棧，甚至還有眼前那兩棟看來灰撲撲的建築，一是煙花樓一是鴉片館。想像濃妝女子倚窗賣笑，疲弱男人倒臥煙榻，而外面商旅雲集、販夫叫賣、苦力往來奔走、孩童不顧大人斥罵嬉遊其間……如今整個村莊，還剩幾戶人家？

只剩一面牆的漁寮

石屋、石梯與石路

一戶也沒有。

這是個空空的村子，所以說你其實很難看到。破敗的房子是空的，整建過的房子也是空的，有的用來養雞，兩層樓的「雞用豪宅」還真不多見，難怪羽毛華麗的公雞，趄起了雞冠帶著母雞四處遊走；也有的用來養鴨，張開的漁網底下，有些紅臉、有些臉不紅的鴨群，對無人打擾的庭園顯然相當滿意；貓們則在階梯、屋頂與竹叢中神出鬼沒，要捕捉到牠們的蹤影可不容易。

為什麼只要是島，貓就特別多呢？是牠們適應荒涼的能力特強，還是島嶼慵懶的氣息只適合牠們？

有村就有廟，改建後的白馬尊王廟幾乎是懸空架在崖上的，但已不是傳統閩東封火山牆的建築，而是和大多數臺灣廟宇一樣，鮮豔光彩的貼片屋頂，和整個環境格格不入，即使廟裡還堆著剛「補庫」而來的諸多元寶，恐怕也難彌補所奉諸神那種「居非其所」的尷尬。

因此你又得閉上眼睛想像：元宵時「擺暝」[1*]的盛況，家家戶戶把豐盛的祭品擺得滿滿的，唯恐神明不夠

雞的兩層豪宅

滿意，往往連半圓牆的漁寮內也都滿是牲禮。

之後在街弄巷道的牆上，都貼上了「清潔衢道」的紙條，古老的篆體蓋上紅章，還真有代代相傳的意味。之後就是身戴斗大金童半身的「尪仔」們，大搖大擺的過來了，老婦們口中唸唸有詞的祈求平安，孩子們則睜大了眼指指點點，男人們互使眼色預定今晚一醉方休，不顧女人們既不甘又不捨的眼神……「迎神」的陣仗既過，劈啪作響的鞭炮只剩一地紅花，再來就是人人都最真心的「食福」了：大快朵頤，理直氣壯的享用神明用過的豐盛食物，也彌補一下平日勤儉生活中不時發作的小饑餓。

紙條上寫著：清潔衢道

平常那些沒掛滿祈福風燈的日子，哪有這麼多三牲五畜可吃？如果在這還能碰到一個老婆婆，她會告訴你日常吃的是番薯籤和鹹魚乾，家家戶戶做魚露，臭味老遠可聞，卻是餐桌上可吃一年的唯一珍饈。

就連看來簡陋、有時就用山壁做為一面牆的屋中，也常有人不願安枕，而寧可睡到屋頂上去，是因為涼快？還是躲蚊子？凡此種種已不可考，反正業已一日疲累的赤膊男子，並不難在習習海風中入睡，夢想著明日一場意外的豐收……

就算是烹煮一日三餐的柴火，在貧瘠的島上也不可得，婦女們必須一大早起來砍芒草、備燃料……你問為什麼不砍樹撿柴呢？能砍的早砍光了，這島才多大、有幾棵樹呀？而後來阿兵哥種的樹，為了防衛又不讓砍，那就只有取材遍地皆是、長得比煩惱滋生還快的五節芒了。

芒草的用處還不止於此，由於島上水源貧瘠，大家還得早早起來，到所謂「東莒一神泉」的唯一水源處，排隊取水，在昏暗未曙的晨光中，用石頭壓著芒草的長長葉片，一點、一滴的取水，好不容易裝滿一桶，還得擎起雙肩辛苦的挑回家去……這些過往情景，你由大埔的廟旁走入魚路古道時，當然還是看不到。

你看不到絡繹於途，挑水回家飲用的人（傳說有人為了娶得美嬌娘，來回挑了二十擔水以搏芳心）；也看不到黎明即起，挑著沉重的魚貨到大坪村販售的人；更看不到以微薄收入換購一些家用，匡啷匡啷挑回家的人……「辛苦」二字從沒寫在堅毅的臉上，而在隱忍不語的心裡。

東莒一神泉

為什麼昔日的榮景轉眼不再呢？因為軍隊來了，設了崗哨管制港口，出入還得審問，動不動就封港禁駛，就連想到海邊泡水消暑，也常被大聲喝令：「口令！」

軍令如山，軍紀似鐵，答不出每日變換的口令，對於身分不明的外敵，在戰地是可以當場射殺的，好在世代長居的住民也不只會忍氣吞聲，大喝一聲：「我是老百姓！」照樣暢行無阻。

這些都是行走魚路時看不到的：你看不到掛著搖床的斜坡，是昔日居民晒魚乾的場所；也看不出山邊幾顆隱隱滲水的巨石，是幾名粗工斜倚在此，看見漁船入港、知道有魚貨可搬，呼嘯一聲就衝下去的據點；更不說旁邊還有兩個、足可藏身十餘人的防空洞呢——年輕一代不會知道防空洞是什麼吧？他們什麼也不「防」，被和平奶水餵養的一代，根本無從想像戰爭的嚴酷。

這樣一路行來，看見一點點水的蹤跡都彌足珍貴，不管這個壠那個壠[2*]，有的是半枯的水井，有的是隱約的溼地，都滋養了居民賴以為生的莊稼，在這幾乎是世界邊陲的、「什麼也沒有」的枯瘠荒島，村民就這樣存活下來了。

於是才有了新的一代，才有大人帶著孩子，披荊斬棘的把早已失落在荒煙蔓草中的古道重新找回、恢復原貌，再種上宜梧、柘樹、豆梨……這些和先祖們一樣珍貴的原生植物，當然也有香蕉枇杷百香果桃梨芭樂龍眼……豐饒多汁的水果總令人欣喜，而有這般心、這股力來重新發掘、復原並傳承歷史的人，則默默述說著他們對土地的愛。

這樣的大埔、這樣的魚路都不是閒坐涼亭，看看林坳嶼、吹吹東洋風就可以看見的，你得去聽耆老的口述、抄歷史的簡冊、聽村人的閒談、找先民的遺跡……還有，像重現電影場景那樣，在心中塑造一個又一個畫面，編織一個又一個故事。

所以，你可以用三十分鐘匆匆的走到大埔、走完魚路，也可以花三個小時，緩緩顧盼、細細品味、一步一步踩著先人的腳印，從兩、三百年前，慢慢的走到今天……

沒有故事，再美也是空景；有了故事，這才叫做旅行。

晒魚場

壠

PS.

任何一個時代，都是說故事的時代；任何一個地方，也都是適合說故事的地方。再美好的景色、再古老的建築都是死的，只有故事能讓它們「活」起來，因為故事裡有人——有人的悲歡離合，有人的恩怨情仇，人最有興趣的始終是人。所以一個沓無人跡的荒村，遊客可以在導遊帶領下走過斷垣殘屋，只知道這裡是二級古蹟，曾經繁華如今沒落，最多感歎兩聲就給忘了。但如果有居民（包括我這樣的半居民）為你講述，歷史淵源，來龍去脈，追循古道，應證遺址……那應該會像AR（擴增實境）一般，在你心中而非眼中建立起過往的一切，再如影片快轉般掠過歷史雲烟，回到眼前滄桑破落的情景，時光的刻痕留在了每個角落，也留在了每個曾經是村民的心底，即使他們早已搬遷別處，刻骨銘心的記憶從來未曾遠離……

*1. 擺暝是福州話，即「排夜」之意，盛行於馬祖列島與閩東地區，是馬祖的文化大事。活動於元宵期間舉行，於農曆正月十一日開始懸燈，至正月二十八日結束，家家戶戶祈求平安，各村排定祭神日，夜晚陳設供品酬神。

*2. 「壠」是土話，指山窪中出水的地方。

又一個沒有事的晚上

在這又遠、又小、
又安靜的世外小島，
我卻覺得心裡是滿滿的。

晚飯後一個人走路到猛澳碼頭，看有沒有星砂。

不是為我自己去的，是為了在船上初識的一對男女。

他們說看了我的文章，特意到東莒來，半途又聽人說東莒有星砂，問說是連海水的白色波浪都變藍了嗎？講的人形容不下去了，除非身歷其境，世界上很多美好事物是無法言傳的。

我插嘴說像這樣吧，就是你在沙灘上一步踩下去，四周就綻開一點點的藍光，像放煙火一樣的，所以叫「星砂」，但星砂不是砂，我覺得應該叫「砂星」，沙灘上的藍色小星星，一閃一閃亮晶晶。

他們熱切的問我今天有嗎？我一時找不到最內行的船老大，就親自走一趟先幫他們去看看，反正走路是我的專長。

結果在路上遇見勇哥。還有幾個女生和孩子，坐在直升機的停機坪旁，言笑晏晏，遠遠的和我打招呼，我其實也沒看清是誰，但一島人就是一家人，揮手問好。

然後就和勇哥同行，看一片漆黑的海面上，對面西莒島的路燈，有人說形狀像兔子，有人說是恐龍，也有人看到一個L字、一個Y字，相由心生吧，但那燈始終那樣亮著、就像鄰居窗口的燈，你不知道他們在幹嘛，但確定他們安好無恙，很有一點守望相助的味道。

沒見到星砂，倒是滿天星辰閃耀，銀河潑灑。

回程時勇哥說他泡了松針酒，還有黑豆酒，愈說愈起勁，從材料、原酒、泡法、年分……愈講愈細，最後提議到我那兒喝兩杯，我心中暗喜，不動聲色說「好啊」。

他還帶了一條「現撈」的魚，興沖沖一起到我住的大埔村。六月時大埔村全村（全村哦！）只有我一個居民，現在九月多了，兩個研究生住在附近，一共居民三人，居貓四隻，如果要選村長，我應該選得上，德高望重嘛！

勇哥去借研究生她們的鍋子煎魚，她們則在「撕」摘來的番薯葉，煮麵……時光一下回到五十年前，不，三十年前她們都剛出生呢，反正出現了一桌豐美的菜餚，就著天上閃亮的牛郎織女星，下酒。

夜深如水，四個人有一搭沒一搭說著閒話，你一口我一口的吃菜喝酒，「對了！檸檬！」小女生想到了，

貓鄰居回頭看我

各有所思的兩隻貓

翻出來香水檸檬，切開滴在魚肉上，果然鮮美無比。

然後就無比的開心了。笑聲引來貓民中的兩位，陸續靠近來等魚骨魚皮，接住後就退兩步，也沒有真像大貓那樣到隱蔽處就食，就意思意思吧！吃完了再上前等候，兩眼炯炯，與其說是警戒，不如說是小小的貪求。

蟲鳴不絕於耳，有時候簡直喧鬧如耳鳴，但永遠不覺得喧囂。就像不遠處持續撲擊岩岸的海浪，始終那麼巨大的聲響，但因為規律和諧，又不覺得吵雜。

就像此刻一隻螽斯[1*]，正在我窗外嘶鳴著，聽起來極其有毅力的，想必會堅持叫到天亮吧！希望牠不要中途停止，免得我聽慣了忽然沒聲音反而醒來。

要怎麼形容這種吵鬧中的寧靜，或寂靜中的喧囂呢？就像昨天我身處一個熙來攘往、人聲鼎沸的機場，卻覺得世上只剩我一個人的孤單；而處在這又遠、又小、又安靜的世外小島，我卻覺得心裡是滿滿的。

送勇哥走了，謝過兩位小女生，回來欣賞她們在牆上留下的押花，手刻的「大埔聚落」印章，一個個親手做的香皂，一罐罐收集的植物種子……「為什麼人家都說在這裡會無聊？」、「是呀，我們可忙得不得了。」

我懂她們在說什麼，人家說我們無所事事，我們卻覺得處處有事、時時有事。像我剛喝完松針酒、黑豆酒，又惦念著聽說已經盛開的紅花石蒜（在金瓜石看到的是金花石蒜，不一樣哦！），已經結了甜甜果子的柘樹，明天還得去尋訪它們的蹤跡呢，怎麼會沒事？

回到屋裡，小心翼翼的開燈，趕緊關窗，不是怕風、怕蚊子，或怕鬼，是怕又有許多情不自禁的蛾撲上來，平白失了性命。「記得綠羅裙，處處憐芳草」[2*]，這裡沒有石榴裙，但我們照明的光會讓許多無辜的蛾致命，能暗一點就暗一點吧，「我就是心太軟」，或者說，我老了。

老了就什麼都不怕，小女生聽到我問：「蚊子多嗎？」一起點頭如搗蒜，可見蚊子真的不少，可是我一向不在意。不是牠們不叮我，也叮，叮了癢一陣子，就過了，愈來愈習

牆上押花

香皂與收集植物種子的罐子

慣。難怪爬山時同伴問：「蚊子不叮你呀？」我就說大話：「對啊，偶束住蘭諸主（我是自然之子）咧！」

鬼就更不怕了，生平還沒機會結識一、兩個呢！我又不害人，彼此無冤無仇，想必鬼也不會害我，如果大家能做個朋友，我可以幫幫他（她），他（她）也可能會幫我，不是還有人想方設法「養小鬼」嗎？直接交個鬼朋友如何？

可惜一個人在大埔住了許久，也沒碰上，我正要提起這個遺憾，兩個小女生一起「噓——不准講」，勇哥也叫我不要語「怪力亂神」……好吧，這件事就且先按下不表。

星星不知不覺的移轉，時光不知不覺的流動，九月回到東莒的第一天，又過了沒什麼事、又好像很多事的夜晚。

明晚吧，明晚再去找星砂。

沒有事的月光灑落在沒有事的海面上

PS.

年輕人只會覺得無聊，因為無所事事；上了年紀的人卻會因為無所事事，而覺得悠閑。或許是經歷不同吧，一般的年輕人總覺得日子在過，一定要 do something，如果沒有事做就覺得心虛、茫然、甚至不太對得起生命。我卻覺得 nothing to do 才是最好的狀況，沒有行程、沒有目標、沒有ＫＰＩ，當然也就沒有煩惱……然後你就可以很「奢侈」的用來做沒有用、沒有效果、甚至沒有意義的事。例如看雲、例如觀海、例如仰望星空、又例如隨性散步……不一定會有收穫，話說回來，又為什麼一定要有收穫？純粹是心靈的平靜不行嗎？純粹是愉悅的心情不行嗎？有時候你會「得到」的，往往不因你的「追求」而來，結果卻更為豐碩——像我當初來到島上，也沒有具體想得到什麼，但如今我卻深深愛上這個島嶼、以及這裡的人們，我找到了心靈的第二故鄉，正因爲我本無所求。

*1. 螽斯（音ㄓㄨㄥ ㄙ），俗稱紡織娘。觸角比身體還長，身體顏色為綠色或褐色系，是植食性或雜食性昆蟲。雌蟲腹部末端有產卵管，是分辨雌雄的特徵。

*2. 出自五代詩人牛希濟的〈生查子〉：「春山煙欲收，天淡星稀小。殘月臉邊明，別淚臨清曉。語已多，情未了，回首猶重道：記得綠羅裙，處處憐芳草。」意在告訴離情依依的情人，不管走到哪裡，記得自己最愛穿的綠色羅裙，只要看見路邊的芳草，就像想起了自己。此處指愛屋及烏的心情，就像珍視大自然裡的每一個生命。

有些事情，在那裡發生

風大的晚上，一些沒有門緊、
僅用鐵絲勾住的木門，
會咿咿呀呀的開，又窸窸栓栓的合，
總像是有人出入，
又或者忽然「碰！」的一聲重重關上，
像是有人憤力摔門而去。

「你不……害怕嗎？」在島上，大部分人這麼問我時，並不是指害怕壞人。這裡基本上沒有壞人，在此服務好幾年的警察勇哥告訴我，他唯一抓過的犯人是來島上偷電線的，但偷了之後因為目標太大，在搭船離開前就被捕了。

除此再無罪犯。

所以害怕的應該是指「鬼」、「怪」或一般所謂的「阿飄」吧？前兩個月住在福正村時，左鄰右舍前房後屋確實都是廢墟，夜間也絕不見人影，但並沒有任何靈異，是不是因為左有白馬尊王廟、右有陳將軍廟，所以「邪魔外道」不敢妄動？

後來搬去大埔。全村，全村只有

烏雲中的日蝕顯得特別詭異

我一個居民。換句話說，其他的建築不是廢墟，就是空屋，而這裡曾經繁華一時，除了漁業興旺、商機鼎盛，甚至有賭場、煙館及風月樓，殺人鬥毆的事件想必不可免，枉死冤魂也應不缺……會不會有幾個，就算不是有意，也可能碰巧與我邂逅？

尤其是風大的晚上，一些沒有門緊、僅用鐵絲勾住的木門，會咿咿啞啞的開，又窸窸栓栓的闔，總像是有人出入（而明明，明明全村杳無人跡），又或者忽然「碰！」的一聲重重關上，像是有人憤力摔門而去。風更大時，甚至會不斷「砰！砰！砰！砰！」就像有人在急切拍門似的……一般人應該嚇壞了吧？我卻不知怎的，竟能躺在床上靜靜聽著，靜靜等待 something happen。

結果是 nothing happen，只因此成了東莒住民們街談巷議的話題，有的私下叫我「王大膽」，有的懷疑我是不是有點錯亂，大多是說：「作家嘛，跟一般人不同。」

既然無緣結識靈界朋友，至少我可以四處尋找。縱然當年海盜橫行的時代已太久遠，但烽火連天的年頭可還記憶猶新，果然我在六〇基地前，一個中年男人的口裡，聽說了奇聞軼事：

那時候我們部隊駐在這裡，平常也沒什麼事，反正就是出出操、放放哨，懸崖很陡，又都是雷區，不太需要擔心什麼水鬼。

可是有一晚水鬼沒來，別的鬼來了！在連集合場晚點名的時候，有三個士兵，是義務役的，那時我們叫「充員兵」，忽然就發作了！全身發抖，四肢痙攣，有的口吐白沫，有的口說囈語，「起乩了！」、「著魔了！」、「被附身了！」大家一邊議論紛紛，一邊往後退開，就看他們三人抖了一陣、亂了一陣，忽然就躺下不動了，這才敢靠過去。

人沒死，也沒傷，醒來後什麼也不知道，也沒人敢告訴他們，只私下擔心還會不會再次發生？

第二晚果然又來了！卻換了不同的三個士兵，這下大家更覺得恐怖了，也就是說：這不是昨晚那三個、或現在這三個、也不是任何一個人的問題，是有鬼了！

有三個不同的鬼，輪流附身在士兵的身上。

一時軍心大亂，人人都擔心自己會被附身，被附過身者也開始覺得頭暈、胸悶，更可怕的是明確知道有三個鬼在軍營裡，他們是誰呢？想幹嘛呢？會不會痛下殺手、增添更多冤魂呢……出操全面停止，所有的崗哨都加派成雙哨（兩個人一起，說是可以互相照顧，天知道！）連長眼看事態愈發嚴重，趕快派人到處請教，看要如何鎮煞避邪。

後來聽了建議，請來營裡的軍旗，都說軍旗最有威勢，可以鎮服各方邪魔，連長把請來的虎頭營旗插在中山室桌上，心想從此以後可以確保無事。

沒過多久、那軍旗卻忽忽的飄動起來，連長探頭看看外面，完全沒有風啊，屋外的旗子都懨懨的垂掛著，怎麼室內這面小軍旗，卻像有一臺無形的強力電扇對它猛吹？甚至

只有石頭上還有60基地的痕跡

吹到發出劈劈啪啪的聲音、好像即將撕裂似的？

連長嚇得一身冷汗，牙齒打顫，拔腿就往屋外跑去！

正要跨出門檻時，卻覺得有一股力量，從後面硬生生把他托了起來，而他只顧著往前奔，所以就一頭狠狠撞在門框上了！

一陣昏花，眼冒金星，連長已跌坐在中山室門外，屋外的人一擁而上，只見連長額頭上已是一片腫脹瘀青，卻無法理解身高不過一七〇的他，怎麼撞得到超過兩公尺半的門框？大家面面相覷，確定這已不是「人」能解決的問題了。

終於請來了南竿的道士，果然法力高強，一到現場，尚未問個分明，就確定這營區有鬼三位。一名是重病無人聞問、死在屋裡的附近居民；一位是個老士官，因為去撿拾被風吹落崖邊的帽子、失足落水而死；還有一個則是不知從哪裡漂流過來、穿著紅衣的女性浮屍。

已經不知道要禁止誰進入

查訪之下，果然有此三人，不，三鬼，但要如何請走他們呢？道士搖搖頭，只知其然，不知應何以然，朝著虛空中拜了三拜，搖著拂塵大步而去，連錢也沒收。只好再不辭重金，遠道去請臺灣的道士。來了之後說法也是一致，立刻到處豎起旗幟、遍插枝條、潑灑聖水，又擺出祭壇，師徒幾位連續作法七天七夜，據說總算把這三位「靈友」請出，並且在營房旁邊蓋了一所小廟，算是讓他們有個安身之處，盼能不再出來擾亂軍營。

果然自此以後，晚點名時不再有士兵被附身了，大家的驚慌與恐懼才算告一段落，忙著奔走此事的連長，整個人也瘦了一圈。沒想到當年立志殺敵報國，如今費力處理的，卻是連看都看不見的「敵人」。

很多人卻開始「看見」了！看見營房裡的床上，躺著一個病痛呻吟的老人，回頭去喊別人來看，卻又不見蹤影。

也看見崖邊一名老兵走來走去，狀甚焦急，上前探問，他只喃喃說著：「帽子、我的帽子……」轉身走遠。

還有就是瓊麻叢後面，老是有人影一閃，哨兵大喊：「口令！」追上前去，卻只有一小塊紅布掛在葉尖，輕輕擺動。

而且都不是特例，類似的回報愈來愈多，已不能用「妄想」來解釋，用「謠傳」來搪塞……嚴重安危問題緊急向上呈報——距第一次「事發」後三十天，六〇部隊全體撤走！

如今，我徘徊在人去樓空的六〇基地，看蜘蛛網爬滿門窗，青苔貼上舊牆，野草從水泥地上叢生，風在步道崗哨間遊走……想像昔日的驚慄與恐慌，看見了一塊褪色的布勾在瓊麻一角，不知是倉皇丟棄的軍旗，還是當年四處駭人的紅布，總之，都過去了。

但「人」走了，「鬼」就平息嗎？我繼續追問，他蹲踞在幾乎已被野草掩埋的小廟前，在香爐上插了一根菸，合掌拜了兩下，又回頭看著我，意味深長的說：

「沒有，六〇的兵是走了，卻有別的部隊的兵聽說了，有些好事的、大膽的，或不信邪的，就三三兩兩結伴前來，想探個究竟，果然沒有失望，大都嚇個半死。回去有的生病發燒，有的整天囈語，還有怔怔坐著好幾天不講話的……事情很快傳遍全島，到後來連軍車都不敢開經這裡，寧可遠遠繞道。

「現在？現在沒事了。前面不是要修一個六〇戰備步道嗎？不為戰備，都沒兵了還戰什麼備？觀光用的。施工的時候挖出一個方形大石頭，石頭上竟然刻著一個佛教的「卍」字，很工整，但明明又是天然的，太神奇了！就有人想到

刻有「卍」字的石頭

把它豎立在六〇基地對著的小山上，果然就鎮住了，從此再也沒有這三個鬼魂出沒的任何訊息，士兵來，居民來，遊客偶爾也來，都沒事了……」

所以這個東莒僅有的「鬼故事」，也就這樣告一段落了。我帶著些許滿足，又有點遺憾，看著巧遇的「說書人」漸漸走遠，心中又起了疑問：「那麼你……你是連長……你是那個連長嗎？」

再回頭時，他已跨上機車，絕塵而去，在蜿蜒如一個又一個問號的山路上。

孤魂總有小廟可以託身

PS.

鬼是人死後變成的，有人的故事，就會有鬼的故事，但人是確實存在的，鬼卻飄忽不定、若有似無、眾說紛紜……人的故事還可以一聽，鬼的故事是否應該嗤之以鼻呢？論語上不是也說「子不語怪力亂神」嗎？但這只說明孔子不願意談、並不表示他否定鬼的存在，否則他不會說「敬鬼神而遠之」。人與鬼之間的差異就在死亡，而在離島、在前線、在烽火連天的戰區，死亡離人們出奇的近，死亡甚至是家常便飯，至少是心中揮之不去的夢魘。在這樣巨大的壓力之下，人心中通往死亡的那條通道被打開了，於是想像中的、傳說中的，甚至是眼見為憑的鬼都來了，帶來更多的恐懼，甚至是比敵人更真實的威脅。反而愈是太平盛世，就愈沒有這些神神怪怪的傳說，這也就說明了鬼故事其實就是亂世的產物、就是人心不寧靜的寫照。如今這島上風平浪靜、歲月安好，自然再也不會有這樣驚擾人心的故事了，對於聽者來說，反應也不過是張口結舌，然後哈哈一笑……「未能事人，焉能事鬼？」

無目的漫遊

不用擔心錯過什麼絕美的景點，
反而有餘裕去發掘不一樣的地方。

有目的就要計畫，有計畫就有壓力，所以我喜歡：無目的的漫遊。

小小的東莒是最適合無目的的漫遊的地方，反正時間多、地方小，不用擔心錯過什麼絕美的景點，反而有餘裕去發掘不一樣的地方，看到一般遊客走馬看花看不到的，甚至看到島上居民來去匆匆也沒看到的。

最好看的就是花花草草了，沒想到小小的島上植被那麼豐富，我又從四月就陸續來、九月才依依不捨的走，同樣的地方，看到了不同季節的花朵盛開；即使是同樣的植物，也看到它從葉茂、花開、果結、種籽飄揚到漸成枯枝，好像經歷了它整整一個世代，「加油啊，你可以的。」有時在心裡為一棵海島上艱困求生的植物喊話，雖然不知道它能否聽見，總覺得像家人般希望它好。

而會動的就更迷人了。

在雪霸山上時，常被飛舞的彩蝶誘惑，不知不覺追

隨牠的翩翩身姿，看得著迷……忽地想到已被引入岔路許久，莫非這是山中的精靈設計誘騙我？

島上風大，蝴蝶飛展的雙翼更形單薄，常覺得牠們快被吹走了，但又想起蝴蝶是有能力飄洋過海的，自己實在是杞人憂天了，這才又好整以暇的欣賞起來。

真正在島上勾引我的是小鳥，尤其是九月才多見的灰鶺鴒。

四、五月時多的是小鶯，一逕在路邊草叢裡嘹亮的叫著「有～飛機。」、「你～回去！」、「你～不回去？」好像在嘲弄我屢次因天候無法如期離開，豈不知我根本毫不在意，這麼美好的地方，「關」得再久又何妨？

也有人告訴我，不管在東莒或是南竿，反正是被「關」怕了，此生不敢再涉足；也會看到島上有些不得不來、或想走走不掉的人，整日陰沉著一張臉。我想差別就在於：一根「木」頭如果四面都被困住、出入不得，那真的是一個「困」字；可如果只是在一扇門內，想來就來，要走可走（頂多是晚幾天走！），那就是一個「閑」字了。

「困」與「閑」之別，不在處境，在心境。

亮黃的灰鶺鴒是九月才開始的邂逅，每次走在馬路上，牠們就在眼前飛躍。為何說「躍」呢？當然有許多小鳥為了躲避天敵，都會成波浪狀飛行，但這灰鶺鴒的波也太大了吧？細長的身子誇張的高低起伏，優雅的線條簡直像來自一個芭蕾舞伶，這不只是飛翔，這還是舞蹈。

我就情不自禁的跟隨、欣賞、讚嘆……心想總要拍張照片，讓讀者知道灰鶺鴒長什麼樣吧？誰知道牠們卻像看透了我的心思，總是遠遠的保持距離，我再怎麼輕悄緩慢的移動腳步，稍一接近，立刻飛離，畫出一道美麗的弧線。

卻又不走遠，保持一個可望不可及的距離，繼續引誘我……牠的個子已經夠小了，我的傻瓜相機也只有二十倍距離，實在沒法清楚的「交代」牠的身形。

幾次失敗，我暗下決心：「發誓不拍你了，灰鶺鴒。」

結果又忍不住一而再、再而三的拿出相機，對準鏡頭，緩步前移……當然，又被「玩弄」了，而且是一連好幾天。

比較起來，遇到貓兒就輕鬆多了。我初來時就立志要幫島上的貓兒，每位拍一張照片，沒多久就自知說大話了。這裡的貓繁衍得簡直快如春草，事到如今，我也只能拍一張算一張。畢竟是野生吧！牠們很少慵懶的躺著，大部分早一步發現我，先是兩眼炯炯的警覺，我不動，牠不動，我一動，牠就像風一般的隱進草叢。

後來我就學乖了，先停住不動，一手慢慢的從腰間拿起相機——情景像極了西部片的牛仔拔槍對決，說時遲那時快！我舉起手槍，不，相機，「喀擦」一聲，貓兒飛速竄逃，我得意微笑，「I got you !」只差沒把相機舉在嘴前，吹去槍管的硝煙……

有些貓顧著嬉耍（通常是小貓，少年不識愁滋味），沒有發現我；有些貓專心捕獵，被我靠太近。但貓畢竟是跟獅虎豹同一家的，還是會在緊要關頭及時察覺、逃離——也沒什麼要緊的，不過是拍一張照片而已，但機會都只有一次，一次不中，就沒了。

我還滿沉迷在這種貓的 safari 中，safari 有人直譯「薩伐旅」，不知所云；有人翻做「遊獵」，我覺得還算傳神。在非洲乘著吉普車到處看動物，以相機取代獵槍、從「狩獵」改成「遊獵」，這也算人類文明的一大進步吧？「跟萬物和好」才是我們求生的根本之道。

在小島上和貓的遊獵讓我自得其樂，通常勝負的機率各半，差別也只在拍到拍不到而已，誰都不受傷害，說不定牠們若知道會有美美的照片供世人觀賞，還會停下來比個ＹＡ的手勢呢！

我還真會胡思亂想，這也是無目的的漫遊的好處，亂想、亂走、亂看，卻常有意外的收穫，驚喜不斷。

最常給我驚喜的是海。選擇這小島本來就因為它四面環海，走到哪裡都可以看到一

片湛藍，也因為地勢不同，一樣的海也有許多種不一樣的容貌。

即使如此，仍有一些海景會躲藏著「伏擊」你，就在我探索一條小徑、翻過一片山壁、穿越一片樹叢，甚或只是偶爾回頭時……啊，那全然不同的海又在眼前出現了，一樣的藍，一樣的浪，卻又是另一番風情萬種。

沒想到這裡也看得到海啊，我喟嘆著，一次又一次被「打敗」，心甘情願的成為這美麗小島的俘虜。

另外一種「突襲」我的，就更防不勝防了。六月住在大埔這個無人村之後，晚上一個人從吃飯的大坪村走回去，會有一段路沒有燈，驟然進入黑暗之中，不免小小的慌張，猛一抬頭卻看見，滿天亮燦燦的星。

那星星多到不可勝數，連原本熟悉的星座，也因為星星太多太亮而無法辨識，銀河濃得像要流溢而出的牛奶，在黑暗如絲絨的天空中閃呀閃的，是一顆顆，又一顆顆的星星。那些離地球幾百、幾萬甚至幾億光年的星星，我現在看見的，是它在幾百、幾萬甚至幾億年前發出來的光，而它其實可能早已經毀滅了、爆炸了、消失了。

這世上唯一已經不存在，卻還得看見的，就是星星吧！多麼神奇啊，我張口結舌的對著天空，胡思亂想時，一顆流星倏地劃過夜空。一再承受這種美麗到不太真實的情景，真的有點受寵若驚，偏偏這在我的無目的漫遊中，經常發生。

PS.

臺語中「七逃」或是「迌迌」的寫法都是錯的，應該是「蹉跎」，就是到處走來走去、漫無目的的意思。這當然不算是工作、更賺不到錢，嚴肅一點說就是浪費時間了，所以才有了「蹉跎歲月」的成語。反正自古以來，不好好工作（臺語的一天叫做一「工」，天天都要做工）、只顧著遊玩就是浪費時間，沒什麼好說的。但如果我就是有很多時間可以花呢？那應該不能叫浪費、而是奢侈吧？哈哈。大多數人只想到有很多錢可以奢侈，卻沒想到有很多時間更是奢侈（每個人的配額都是有上限的），所以不但可以遊玩，還可以隨意的「漫遊」，甚至任性的「無目的漫遊」——當你達到了這個境界，世界上就沒有「不好玩」的地方了。

如果這不是我的夢

這是島與海的壯美結合，
山的高偉、海的壯闊、石的奇險、
浪的迂迴——
這種交響詩般的演出，
不需驚嘆，你應該屏息。

最後一次離開東莒已經半年，一切於我已如夢。

有時候甚至會懷疑自己真的去過，這樣一個遙遠而美麗的小島；有時候甚至懷疑是否真有這樣一個地方存在。就像一場美夢，醒來一切是空，但那甜蜜的記憶是揮不去的。人生的許多美好不也是如此……忘記，就沒了；記得，就是你的。

而且，藏在心靈深處的，誰也奪不走。

之所以有種種感嘆，其實是因為我一直沒有寫到東莒最壯麗動人的風景。這個地方，我當然一直想寫，但它的美套一句又老又俗的話，真的是「筆墨難以形容」。

當然也可以看照片，但非身歷其境仍然難以體會。

前後分三梯次來訪的、我所有的朋友，無不對著這片絕世美景，讚嘆著「啊……」，長長的驚呼，停止個幾秒，四周靜默得彷彿時間都已凍結，「怎麼那麼美啦？」、「哦，真是有夠讚的。」、「不虛此行了，不虛此行。」、「我都不知道臺灣有這麼美的地方耶！」

所以他們每次三天兩夜的行程（我很蠻橫，只來馬祖四天的他們，都被我強迫要在東莒至少過兩夜），最後一天去搭船之前，我才會帶他們來這裡，要為旅程畫下一個完美的句點。

果然都成功了，我得意的看著他們驚呼連連、搶拍照片，甚至來回奔走，唯恐遺漏了美好鏡頭……知道一場美夢已在大家心中成形，而且，永誌不忘。

我的得意太過火了，好像這地方是我的孩子，而我是一個驕傲的母親，忘了自己不久以前，也在這裡發出我的第一聲驚呼。

這個地方外地人知道的不多，地圖上標記也不清楚，就連它的名字也有分好幾種版本……管它呢！莎士比亞不是說了：「玫瑰即使不叫玫瑰，仍是世上最美的花朵。」

如果你好奇的四處漫步，會在島上簡單的幾條主線道之外，又往其他的支線探索，看到一個小型的、新建的汽機車停車場，通常是空蕩蕩的，放眼四周也沒有任何標示，更不見什麼「可能的」風景……小心，你已經接近了。

旁邊有一窪平靜的水池，四周草叢茂盛，正覺靜謐時，卻可能鼓起如春雷般的蛙鳴，歌聲迴盪，不絕於耳，那你就是幸運的嬌客，聆聽了一首自然的迎賓曲。

假如你夠好奇，順著蜿蜒的石板小徑而上，且選擇了向左的路（當然，向右也可以，美麗的角度絕非單一），就會發現迎接你的，還有五節芒、狗尾草等迎風招展的白色花穗，或是亮麗的南國薊、狗娃花紛紛競豔，而石板縫中生出的，一叢開了黃花、狀似臺灣島形狀的小草叢，更是令人莞爾。

抬頭處，有白鷺鷥飛而起，高挑的身影化為一道美麗弧線。

臺灣島形狀的小草叢

這時才發現自己走在稜線上，右邊是汪洋的迷濛大海，左邊是遠遠的古老村莊，「跟著腳走，鞋子會把我們帶到哪裡去呢？」（瘂弦詩）[1*] 好奇心使你加快腳步，卻又為了捕捉、吞噬、消化四周的美景而躊躇。

終於到了一個漆著綠色迷彩的崗哨——且慢，這崗哨的下半部已遭混凝土掩埋，上面則建了木頭欄杆，就這樣巧妙的築成了一個ㄇ字形的展望臺，除了可以登高眺望先前步道上左右兩種風景，它的正面更是驚人。

前面是斷崖，深深的往下，刀斧般劈下的崖邊壁底處，是散落的大小怪石，海水正一波一波的洗刷著，為它們塑造各種令人驚嘆的外形。而在這人跡不能至、除非登臨此地也絕對看不見的海灣，視線隨著對面的斷崖一路往上，是一個突出的岬角，斧鑿深刻的岩石峭壁之上，聳立著一座白色燈塔。

是的，就是島上唯一的那座燈塔，做為全島精神指標的東犬燈塔。平時我們趨近觀賞時，只讚嘆它美麗的花崗岩身形，長長的白色擋風牆，充滿西洋風情的白房子，乃至繁

花滿地，古老幽情，卻只有在當前這個角度，才看得出它盤踞了多麼重要的位置，在茫茫大海與滾滾波濤之上，發出了什麼樣生死關鍵的永恆光亮。

對於太美、美得有點假（承認吧！是自己的想像力不夠）的照片，我們常會說是「像風景月曆」，但你來到這個地方不到三分之一路程，可能就已經有了好幾本風景月曆的題材，你很可能開始節制拍照，擔心記憶卡容量不足。

而這一切還是序曲而已。

循著原路走回來，再複習一次乍見的美景。左邊的村莊老屋，仍在陽光下持續寂靜著；右邊的遼闊海洋，仍然是陣風與洋流合演的舞臺。且還要不時的轉過身去，唯恐錯漏了未及得見的美好，「世間好風景，總在回頭時」。

回到剛才的分岔路，遠遠的蛙鳴仍然繚繞，鼓舞你進行下一波的探索。這次往右上方走，看見的則是底下廣闊、荒涼的靶場，還有一路沿伸的戰壕、錯落四處的散兵坑。當年在此潛行峙伏的士兵們，想必是無暇也無心觀景的，看不清楚的海面，始終可能送來未曾預料的敵人。

小徑沿著崖邊前行，大致保持一個安全距離，風大時可能吹動你，但掙扎幾步，還不到足以落海的距離，何況風大半從海那邊來，頂多把你吹落戰壕，也還好。

因此不妨大膽些，如臨深淵，亦步亦趨的靠近崖邊，這時你就會得到無限的回饋：

一個突出的岬角，以各種嶙峋奇石點綴上下，深入剁暗藍色的海中，而浪濤捲起的白色泡沫，則畫出一道環繞的曲線……這是島與海的壯美結合，山的高偉、海的壯闊、石的奇險、浪的迂迴，這種交響詩般的演出，不需驚嘆，你應該屏息。

而如樂章般陸續出現的美景，則推著你步步向前。即使留戀身邊美景，仍渴切盼望天邊彩虹，而這些風景則像層層堆疊的音符，一步一步把你導向更強烈的雙眼洗禮、更撼動的心靈衝擊，如果我說得太誇張請原諒我：有時候甚至會喘不過氣來。

因為你無法想像。貿然越過了各種禁止事項的警告牌，你可以一路向下，如磯釣勇者那樣前進海岸，顛簸難行、已不成路的小徑戛然而止，你不得不停下來，卻也極樂意停下來，看四周山

崖上一顆顆比鄰而立、相互堆疊的石頭，好奇多久以後，稍稍的搖動翻滾，又會讓它們有一番新的氣象。看似千萬年來亙古不動的自然，原來卻是一番活動變化的景致，動的不只是海，山也在動。

然後你就赫然發現，自己站立在一顆突出岩盤的石頭之上，底下一點支撐，四周毫無屏障，如果從遠處看，就是高達百尺的高崖上，有一顆特別突出、幾乎懸空的石頭，而竟有一個人巍顫顫的站在那裡，這是何種懾人的景觀！

你不是在挑戰、更非狂妄想征服自然，而是臣服於它的鬼斧神工，驚嘆於它的高聳矗立，只有親臨其中，兩腳微微顫抖、心中忐忑不安，甚至雞皮疙瘩都起來時，你才知道大自然中隨便一個小小角落，都不是渺小人類有資格棲身其中的。

這種時候，心中不由自主浮起「造物主」這個念頭——必定是有更偉大超然的力量，才足以成就這些吧？

我喜歡鼓舞來訪的朋友們，也站到這絕世獨立的石頭上看看，看是感覺自己君臨大海、還是危如累卵？一般抗拒的多，「危邦不入」，遠遠在崖上束手觀看；也有鼓起勇氣一試，卻又在最接近處功虧一簣的；夠膽的當然也有，且多是女性（就說女人比較勇敢！或者浪漫？），有一位還側臥身體如豔后，姿態更加逍遙……總之我相信不管上述哪一種，都永遠不會忘記這個地方。

「泥上偶然留指爪，鴻飛那復計東西？」[2*] 在此留下的卻非一鱗半爪，而是驚心動魄的印象。

當然你也可以選在安全處，蹲下身子，以山海為背景，讓人由上往下為你留幾張剪影。或者東繞西轉，就想找一個好角度留一幅攝影傑作。但更多的時候應該會怔怔望著這不曾預期也從未邂逅的美景，在腦海中細細刻畫長久的記憶。

就像我現在蟄居山中小屋，完全憑著半年前的記憶，描述這曾經認為難以刻畫的美景，不知道成功與否，但我已經盡力。

時日畢竟久遠了，我的回憶漸漸不再持續，好像由「錄影」變成了「拍照」，只剩下一張張單獨的畫面。例如那一層、一層又一層蜿蜒的山崖，在海上連綴成的美麗曲線；例如那海灣中的小島，是一片單薄的、直立的、彷彿吹彈可碎的岩石；例如那渾然天成的堅硬石壁中，還躲藏幾個極不起眼的碉堡，更增添了巨浪之上的肅殺氣氛；例如步道最後的花崗岩築成的巨大圓盤，許多人都不知其所以然，是要祭典用、開趴用還是休憩用？如是前二者，也未免神祕得過度了，而若是後者，卻為何

東洋山步道旁危崖

沒有桌椅可坐，也無屋頂遮蔭呢？

我也在朋友質問之下，想當然耳的跟著責難過幾次，反正是「站著說話不腰疼」的，輕鬆批評了當初的設計者。

而如今我遠遠（距離遠，時間也遠）回想，才認定它就該是個四面八方毫無阻隔的圓形廣場，如此才能一覽無遺，如此才能張望各方，如此才不會被枝枝架架擋住視線，原來這竟是個三六〇度的環景天然劇場！

如果你的心已因這千般奇景而波濤湧動，就靜靜的坐在廣場邊緣的矮牆上，讓陽光與風洗滌身心吧！如果還是靜不下來，也可以向右探看，完全強烈堅硬的山海組曲，在這下方卻有個小小意外：

一汪清澈平靜的海水，輕輕流湧出一個小小沙灘，彷如世外桃源般，藏匿在那不知如何到達的地點。水靜靜的搖著，沙子靜靜的亮著，好像在一節又一節、一章又一章強烈震撼的交響樂曲之後，來了一個小小的休止符。

你應該坐下來，看著這種神奇出現、不知會否消失

海流沖積的小沙灘

的小海灘，良久良久，再緩緩複習、慢慢反芻先前所見（多半已不知不覺過了半天！）的壯麗風景，如夢似真。

我今天在紙上做了這一場夢，不知虛實、難辨真假，我勢必還得回到東莒，再一次，輕輕，踏入我的夢境。

PS.

後來我一直沒有再回去這個小島，隨著這本書的初版在書架上逐漸泛黃，我對島嶼的記憶也變得愈來愈模糊，甚至對在那裡曾經的一切，感覺只是做了一場長長的、不連續的夢，但很逼真。隨著我的腳步踏遍世界上更多國家，更多次的激賞與讚嘆，有時候我甚至忘記了還有這個地方，甚至偶爾想起，也似乎不很確定這個島、這些人、這些事，真的在我的生命裡存在過。是什麼機緣，使得我大老遠跑到一個那麼小的島上去，讓我結識了那麼好的人們，遇見了那麼多美麗的景色，而且還過了那麼平凡其實又很不平凡的生活。有好幾次機會可以再回去，卻又都陰錯陽差的失去了，留一些小小的遺憾，像遊子無法返鄉，難以釋懷……真的是遊子，真的是故鄉，我第二次去時在碼頭，遇到我的島民說的都是「回來了？」

*1. 出自臺灣詩人瘂弦（本名王慶麟）的詩，他是我的新詩啟蒙老師。

*2. 語出宋代詩人蘇東坡〈和子由澠池懷舊〉：「人生到處知何似，應似飛鴻踏雪泥；泥上偶然留指爪，鴻飛那復計東西？」意指鴻鵠飛鳥在下雪的泥土偶爾留下的爪印，都只是短暫的一痕，剎那又不知飛到何方。比喻人生如浮萍，聚散無常。

附錄1 #那座島上的她和她

那時候我每天下午都去電信局。

電信局裡只有一個人，顯然這小小的島上沒有什麼業務，頂多是外傭偶爾來辦個卡，她大部分時間都很閒。

所以對我這個突然出現的外人應該很稀罕吧！至少有人跟她談文學、談人生，也談我自己那失敗的愛情。

她通常會泡咖啡，附上各式各樣、不知哪裡來的點心。島上連小七都沒有，我猜是島民回臺灣幫校長帶回來的，也可能她自己郵購的。

校長是她先生，在另一個比較大的島上當校長，留下年邁的父母和她們母女，住在老街上。

其實也不能叫老街，這裡根本沒有新建築。村裡總共兩條街，上街一家雜貨店，下街一家麵包店，每次麵包店老闆不營業去釣魚，那個半天我就要挨餓了。

後來我就去她們家搭伙，說是搭伙其實也沒收我錢。她爸爸很高興有人陪他喝酒，她媽媽很高興有一個新來的人可以講話，就會放任爸爸和我多喝一點。

我覺得自己好像是她爸媽老夫老妻婚姻的潤滑劑。

只有她女兒總是臭著臉，好像嫌我在她們家白吃白喝，還是因為我在阿公阿嬤就不太理她了？我裝沒看到，大人總不能跟小孩子計較。

倒是她從不跟我們一起用餐，她公婆好像也不在乎，我不敢多問，乖乖吃飯。

有時候我去電信局（另外郵局、臺電、水公司那裡也都是一個人，但都是男的，所以……），她女兒提早放學也會過來。

我們聊得愈開心，她就愈發出各種很大的聲音：關窗、甩門、挪動桌椅……我們互看一眼，「幼稚。」當然沒有說出來。

在她爸媽家搭伙了一個月，被小鬼瞪得多少有點心虛，我打聽到一家民宿可以搭伙，很便宜，就轉移陣地了。

碰到另一個女生，外號「老船長」的民宿老闆說是他妹妹，從臺灣回來休息一陣子。

民宿生意沒有很好，晚上常常只有我們三個一起吃飯，哥哥只顧喝酒，妹妹則和我談文學、談人生、談我們都失敗過的愛情。

民宿的她比電信局的她時間自由，有時候會邀我到處走走，想幫我介紹她的家鄉。

但整個二．六四平方公里的島我天天閒逛早就摸透了，變成我在幫她導覽，她意外發現自己的島上有那麼多驚喜。

電信局的她態度有點奇怪：她也會說到島上某些人（畢竟文學和人生沒有那麼多可以談），但從來不提民宿的她，好像不知道她回來島上。

有一次是我無意提到，她淡淡的說她好像受了情傷，有嚴重的憂鬱症。

我謹慎沒有接話，因為晚上還要去「老船長」家搭伙。

還有一次我提到我住的地方（那是島上另一個村子，完全沒有居民）可以看到滿天繁星。上下街這邊都有光害，沒什麼星星，她聽了滿嚮往的。但又遲疑了一下，建議我們兩人找民宿的她一起去。

應該是為了避嫌吧！畢竟她是有夫之婦，丈夫又不在島上。這下卻把難題丟給我了。

我都沒還說到一起去看星星，只隱約提到電信局那位，她（民宿的她）的臉立刻就冷了。

我匆匆扒完最後幾口飯，一個人走路回我住的無人村，看星星。

隔兩天她可能為了補償吧，說要帶我去一個祕境。

穿過重重灌木，爬上廢棄的碉堡頂端，我看見反映著夕陽的大海，以及一個又一個小島，好像疊在一起，周圍閃閃發亮……真的很夢幻。

我說這個方位和大小剛好可以開一家咖啡店，名字就就做「4:55」。

她問為什麼，我說這家店會在每天 4:55 開業，正好開始看落日餘暉，而且 4:55 是一首我最愛的歌……我哼了幾句，她說有聽過，中文歌名叫做〈愛你一萬年〉。

我們就坐在看不見的椅子上，一起喝了看不見的咖啡，一直到天空從炫爛變成暗淡，才離開。

回程走在沙灘上，她的身體不時會靠過來、輕輕碰到我，可能是海風太大了。

後來有一天我在碼頭碰到一個中年人，牽著她（電信局的她）女兒的手，親密的走著。她遠遠跟在後面，手上還提著大包小包。

男人看到我並沒有打招呼，對於我這個島上唯一的客人，身為校長的他似乎不太有禮貌。他女兒更是故意別過臉去，假裝不是她跟爸爸告的狀。

第二天再去電信局時，氣氛變得怪怪的，她還是泡了咖啡，但這次沒點心，而且兩個人都沒開口。

我自覺沒趣的要走時，她忽然低聲說：「我愛上過一個人。」

這大概就解釋了碼頭上的一切，還有她女兒一直以來對我的敵意，可能以為我會來搶她媽媽吧？

我沒問，她自己幽幽的說這裡實在太小、太平靜、離世界太遠了（而這正是我選擇來這裡的理由！），她受不了一成不變的日子，就……

那個男的年紀比她小，膽子也比她小，在這麼小的島上是藏不住任何祕密的，直到她說有一個祕境。

她還沒仔細形容，我就猜到是前幾天我和她（民宿的她）去的祕境，那個我要開 4:55 咖啡屋的地方。

她以為是祕境的地方，另外一個她也當作祕境，有一天去閒逛的時候，湊巧（還是不巧？）發現了她，和那個不是她丈夫的男人。

耳語開始在島上傳播，最後傳到校長不在家的校長家，顯然也傳到了另一個大島上的校長耳裡。

島上再也沒有人跟她主動交談了，她主動打招呼也不理。畢竟大家都尊敬校長。所以她一直不快樂，覺得自己都快憂鬱症了，直到我來了之後才好一點。

我很替她難過，本來要說的 4:55 咖啡屋也自動收回去，漫無邊際的說著我自己以前有多慘，好像這樣就能安慰到她。

回到民宿時我可能一臉頹喪，她立刻追問我今天去電信局怎麼了（果然是個沒有祕密的小島啊！），我不回她也猜到了。

是不是跟你說她曾經出軌？是不是說是我講出去的？……一連串的問題沒等我回答，她又自己說了更大的祕密。

她外遇的那個男生是我的青梅竹馬、我們從小就在一起、我還立志要嫁給他……

他像沒事一樣繼續在島上過日子，也沒人冷淡他。她卻受不了，毅然離開了這座島，過了很久，最近才回來。

剛巧碰上到民宿搭伙的我，原本苦於情傷的她才覺得好一點了。

這可是不得了的恩怨情仇呀！我又剛好夾在兩個女人之間，但這次我都沒怎樣，已經「人畜無害」的我，卻好像不得不做選擇。

我很快換到警察局去搭伙（不用給錢，他們有煮飯阿姨，而且樂得有新人聊天喝酒），去電信局的次數變少了，去了也話很少，兩個人之間好像出現了一層隔膜。

本來想避免路經民宿（去警察局會經過），但覺得那太刻意，還是天天路過，沒有遇到她。只有一次她剛好在外面洗菜，我裝沒事的靠過去問她洗什麼菜，番薯葉，她不冷不熱的說。

後來我和縣政府合作的寫作計畫到期了，我離開蟄居四個月的小島，沒有向她和她辭行。

只有老船長送我到碼頭，拍拍我肩膀，要我常回來。

再後來聽說她調回大島的電信局去了，一家三口恢復正常的過日子。

再再後來老船長打電話給我，說他們要在島上開一家 4:55 咖啡屋，不在碉堡祕境，是在遊客中心，但因為名字是我想的、先知會我一聲。

我沒問真正開店的是誰，也沒猜測那裡的咖啡是不是比電信局的好喝……不久就收到 4:55 咖啡店寄來的明信片，沒有署名，但畫面看起來和從祕境看過去的幾乎一樣。

（原來祕的不是地方，只是心情。）

我一直沒有再回去那座島，只把它，還有她跟她，都放在……這篇小說裡。

*本文純屬虛構，沒有巧合。

永留嶼
犀牛嶼
大嶼
蒼山
東犬燈塔
天上聖母宮
田將軍廟
白馬尊王廟
福正沙灘
福正村
莒光遊客中心
加油站
靶場
東洋山步道
蔣公銅像
戰備步道
找茶冰品
華美美食
故鄉民宿
楓樹林小館
東莒國小
保安宮
船老大民宿
大坪村
警察局
百合公園
魚路古道
神秘小海灣
（呂何崖）
猛澳港
東犬山
（頂山）
手印展望臺
大埔村
白馬尊王廟
老頭大王廟
大埔石刻
（懷古亭）
林坳嶼

苦苓東莒漫遊路線圖

附錄2

#東莒一日漫漫遊

不用交通工具，一樣可以玩遍全島！

1. 在南竿福澳港搭早上七點的船前往東莒（航程五十至六十分鐘）

◎港口邊 7-11 隔壁就是售票處，單程票價兩百五十元。若是雙月會先到東莒，若是單月會先停西莒（注意看港口大字，別下錯了！），再過十分鐘才到東莒。

2. 在東莒猛澳港下船後，沿著唯一的上坡路前行，走到盡頭處有牌樓（約十分鐘），左轉中興路，過警察局後看到綠色大字的「故鄉民宿」（約五分鐘），選擇左邊、即民宿前的馬路繼續前進，會走到蔣公銅像圓環（約五分鐘）。

◎半路有一個涼亭可稍微歇息，遠眺西莒島。轉中興路後左邊有百合公園，五月時可入內欣賞百合盛開。

3. 由圓環往前方下坡的中興路前進，經過加油站、靶場之後到達莒光遊客中心（約二十分鐘）。

◎一路往前都可看到遠方燈塔，路兩邊坑道是停坦克車用的。到遊客中心可看海、看展示、索取資料及裝水，別忘了上廁所。

4. 出遊客中心左轉，看到往「東犬燈塔」的路標後，右轉上坡，再看到往「福正村」的路標後，左轉下坡，之後右轉有房舍處即福正村，左邊有一個小型可停車空地（約十分鐘）。

◎一路可遠眺福正沙灘、犀牛嶼及永留嶼。

5. 停車場對面（即路右邊）有一條石板小路（末端看得到燈塔），由此往上可到東犬燈塔（約二十分鐘）。

◎一路上可欣賞兩邊新舊雜陳的閩東式建築。

4:55咖啡據說開在遊客中心

6. 先看完展示館再走向燈塔，接著往兩門霧砲方向，前方水泥路右側有一條車輛寬度的青草泥土路，由此可到大砲陣地及展望臺（約五分鐘）。

◎燈塔右前方有廁所，展示館有時會有人導覽，土路右邊是廢棄營房，到展望臺可見蒼山與大嶼的美景。

7. 回到水泥路上，左轉往下走會經過一軍事基地，再順路往下就到達「天上聖母宮」（約十分鐘）。

◎右邊會經過「五三磯釣步道」，可踏上展望臺觀景，一路上也可眺望福正港景色。「天上聖母」內的泥塑值得一看。

由燈塔遠眺福正港

天上聖母宮

8. 沿廟前馬路前行，右邊有一沿著堤防的岔路，就順這條路走，可到達「白馬尊王廟」及一座八角亭（約五分鐘）。

◎可在此放下背包，脱掉鞋子，下去福正沙灘戲水、挖蚌，上岸後可到廟旁廁所沖水。

9. 由福正沙灘走到猛澳安檢所前，會再經過遊客中心，走向左前方大埔路，在左邊第二個岔路，即過了靶場後左轉直上（無路標），會到一個汽機車停車場，這就是東洋山步道入口（約十分鐘）。

10. 上步道後先走左邊階梯，可到一崗哨改建的展望臺（約十五分鐘）再由原路走回步道（不論去回一律靠左邊走，是個8字形環狀步道），最後是三六〇度圓形觀景臺（約十五分鐘）。

◎除了兩處觀景臺，在一有警告標誌的高崖地也可趨前觀賞絕佳美景，但要注意安全，強風時尤須留神。圓形觀景臺上有三六〇度海景。

福正沙灘上撿花蛤的人

11. 由觀景臺走左邊步道回停車場（約十分鐘），再回到大埔路左轉前行，走過一個陡山坡就到「神祕小海灘」觀景臺（約十五分鐘）。

◎臺上所見即有名的「呂何崖」，觀景臺後有一路標往「佛手」，是一塊上有「卍」字的天然巨石。

12. 續往前行，會看到「六〇戰備步道」入口（約五分鐘），走上此步道不久即可看到燈塔造型的電信局，就回到大坪村了（約十分鐘）。

◎往前走即是民房、餐廳，中午可到楓樹林小館吃煎餃、臭豆腐，或華美餐廳吃蔥油餅、餛飩湯，飯後再來一杯「找茶」的仙草奶凍。

13. 大坪村走到最低處，即是「船老大民宿」，由此左轉往大埔路，經「保安宮」，可抵大埔村（約十五分鐘）。

國利豆腐是東莒著名美食之一

崗哨觀景臺

◎可到涼亭小坐，觀賞聚落石屋及林坳嶼，再下到白馬尊王廟，廟前左下方有廁所。

14. 由廟旁小土路前行，即為「魚路古道」，走到出口即接回大埔路，已可看見大坪村民房（約十五分鐘）。

◎請仔細瀏覽路邊解說牌，勿錯過鹹魚場、倚山岩、搖床區、兆海壠等景點，以及兩旁豐富的植物生態，回程還可見對面軍事基地及火力發電場大煙囪。

魚路古道

15. 由船老大民宿往前走，左轉警察局，走回早上到的牌樓處，勿右轉往下，直走自強路就到大埔石刻（約二十分鐘）。

◎左邊會經過「氣壯山河」，盡頭是一營房，右轉即可看見「老頭大王廟」及大埔石刻的懷古亭，也有公廁。

16. 不走原路，由左邊戰備道前行，左邊有一展望臺，再接上往猛澳港的路，左

轉下行即到港口（約十五分鐘）。

◎展望臺上有一手印陶板，可將兩手放置其上，閉目許願，夫妻或情侶則需各出一手，以「交杯酒」姿勢一同許願。

17. 最後一班往南竿的船是下午三點，如果你已流連忘返，那就在此過夜吧！天上的星星和海中的星砂都會歡迎你。

氣壯山河

手印展望臺

苦苓作品集 14

我在離離離島的日子【新修版】

作者—苦苓

本名王裕仁，一九五五年生，祖籍熱河，宜蘭出生，新竹中學、臺大中文系畢業。

曾任中學教師、雜誌編輯、廣播電視主持人，獲《中國時報》散文獎、《聯合報》小說獎，《中外文學》現代詩獎及吳濁流文學獎，著作五十餘種，暢銷逾百萬冊。

FB 請搜尋「苦苓（王裕仁）」
Podcast 請收聽「苦苓巴拉巴拉」

時報文化出版公司成立於一九七五年，並於一九九九年股票上櫃公開發行，於二〇〇八年脫離中時集團非屬旺中，以「尊重智慧與創意的文化事業」為信念。

主　編—尹蘊雯
責任編輯—王瓊苹
責任企劃—吳美瑤
封面設計—張巖
內頁排版—芯澤有限公司
副總編—邱憶伶
董事長—趙政岷
出版者—時報文化出版企業股份有限公司
一〇八〇一九臺北市和平西路三段二四〇號三樓
發行專線—（〇二）二三〇六六八四二
讀者服務專線—〇八〇〇二三一七〇五
（〇二）二三〇四七一〇三
讀者服務傳真—（〇二）二三〇四六八五八
郵撥—一九三四四七二四 時報文化出版公司
信箱—一〇八九九臺北華江橋郵局第九九信箱
時報悅讀網—http://www.readingtimes.com.tw
電子郵件信箱—newlife@readingtimes.com.tw
法律顧問—理律法律事務所 陳長文律師、李念祖律師
印　刷—科億印刷有限公司
二版一刷—二〇二五年六月十三日
定　價—新臺幣四八〇元

我在離離離島的日子/苦苓著. -- 二版. -- 臺北市：時報文化出版企業股份有限公司, 2025.06
208面 ;14.8X21公分

ISBN 978-626-419-548-5 (平裝)

863.55　　114006491

ISBN 978-626-419-548-5
Printed in Taiwan